消えた恋人と異世界の黒獅子伯爵

夢乃咲実

幻冬舎ルチル文庫

CONTENTS ✦目次✦

消えた恋人と異世界の黒獅子伯爵

✦イラスト・花小蒔朔衣

✦カバーデザイン＝コガモデザイン

✦ブックデザイン＝まるか工房

消えた恋人と異世界の黒獅子伯爵

「ユウ」

彼が、僕を呼ぶ声が熱っぽく、わずかに上擦っている。

「ん……」

彼の名前を呼び返すことがなんだか気恥ずかしくて、僕は小さくそう答えるだけだ。

それでも、僕の羞恥に染まった頬、潤んだ瞳が、余すところなく僕の気持ちを彼に伝えているのが、僕を見つめる彼の視線でわかる。

おずおずと互いの素肌に伸ばされる手。

指先に彼の肌を感じると、甘く高揚した気持ちに身体が震える。

彼の部屋で、彼のベッドで、こんなふうに身体を重ね合える日が来るとは思わなかった。

高校生のころから、彼に対する気持ちは自覚していた。

少し癖のある漆黒の髪と、茶目っ気のある、黒い瞳。

勉強もスポーツも得意でクラスのリーダー格だったが、決して偉ぶることのない、気さくで明るい性格は、引っ込み思案で身体の弱い僕とは正反対だった。

だが……同じドイツ人作家の本を好きだという偶然が、僕と彼を近づけてくれたのだ。

やがて僕は、彼への想いが友情とは違うものだと気付いた。

それでも、彼の「親友」という立場を失いたくなくて、彼に憧れる女の子の手紙を取り次ぐようなばかなことをして、自分で自分を傷つけたりしていた。

そのまま、別々の大学に進学し、自分から連絡を取ることもないまま月日が経ち……

大学二年の冬、自分が幹事になっていたためしぶしぶ出席した同窓会で、彼に再会した。

目が合った瞬間——会いたかったのだ、こんなにも会いたかったのだ、と胸が詰まった。

彼も、目を細めて僕をじっと見つめ「会いたかった」と言ってくれた。

それから、距離が縮まるのはあっという間だった。

そしてある夜、彼の部屋で酒を飲み、彼にキスをされ「ずっと好きだった」と言われたのだ。

「酒の勢いを借りないと言えなかった、みっともなくてごめん」

その告白が、涙が出るほど嬉しかった。

そして不器用なデートを何回かしたあと、とうとう彼が「ユウが欲しい」と言ってくれ
……

同じ欲望を抱いていたのだと、僕はそれも本当に嬉しかった。

彼の身体。

僕よりも背が高く肩幅の広い、がっしりとした身体は、高校生のころに体育の授業などで見ていたはずだったのに、今から自分とひとつになる男の身体だと思うと、おそろしく魅力的で美しく、怖いほどだった。

トレッキングが趣味の山男でもあった彼だが、決して無骨ではなく、長い手足はすらりと

していて、全身を流れるような筋肉が覆っていた。

肘の近くにある古い大きな傷跡は、子どもの頃に怪我をしたときのもの。

白くわずかに引きつったその傷跡すら、彼の美しさの一部だと僕は感じた。

僕を抱き締める力強い腕、僕の素肌を探る大きな掌。

触れ合った場所すべてから、甘い快感と切ないほどの幸福感が生まれ、全身を満たす。

羞恥と快感にもみくちゃになりながらも、とうとう彼の欲望を身体の中に受け入れたときのあの幸福感は、今世界が終わってしまっても構わないと思えるほどのものだった。

だが、その期間は短かった。

それから何度か、無駄にした数年間を惜しむように、僕たちは愛し合った。

付き合いだして一ヶ月後、彼は前から決まっていたフィールドワークのためにヨーロッパに旅立ち……それが僕たちの、永遠の別れになったのだ……。

＊＊＊

「……あ」

目を開けて、その視界が涙で潤んでいることに気付き、優司は瞬きをした。

目尻から耳のほうに、冷たい涙が零れていく。

また、彼の夢を見た。

ここ数週間引っ越しで忙しくて、夢も見ないくらいに爆睡していたのだが、新しい住まいで眠る最初の夜に、久しぶりに見たのだ。

彼の夢を見れば朝起きたときに切ないし、見なければそれはそれで寂しい。

ふう、と息をついて優司はベッドから起き上がると、朝食を食べ、片付けをし、それから今日の朝一でやろうと思っていたことをしに、外へ出た。

「これでよし」

古ぼけた郵便受けに自分の名前を書いた紙を貼り付けて、そう声に出す。

長谷部（はせべ）優司。

今時フルネームを掲げるのは、これまで住んでいた都心では珍しいことだったが、ここでは違う。

郊外の、のどかな田園地帯と新興住宅地がモザイクのように入り組んだ土地柄で、古くから住んでいる人々は、親戚ではなくても同じ名字が多い。

優司が住むことになったこの古ぼけた建物を提供してくれた親戚が「郵便や宅配便を正確に届けて欲しければフルネームを出しておいたほうがいい」と教えてくれたのだ。

その建物は、木造の二階建てだが、普通の民家とは少し違う。

小さなアパート……というか、昔ふうの下宿だ。

玄関は共同。靴を脱いで廊下に上がると、一階には食堂として使っていた広い部屋と、風呂とトイレがある。

狭い階段を二階に上がると、廊下の片側に窓があり、反対側に木の扉が並んでいる。

中は、四畳半に一間(けん)の押し入れがついただけの、どれも同じ小さな部屋だ。

四十年ほど前、まだ畑ばかりだったこのあたりに、都心にあった大学が引っ越してきた。

その大学に通う学生が住む安い下宿がいくつもでき、この建物もそのひとつだったのだ。

だが数年前にその大学はまた隣の市に移転してしまい、風呂もトイレも共同の下宿は今時の若者に受けるはずもなく、とうとう最後の入居者が出ていったのが昨年のこと。

優司が身体を壊してしばらく入院したあと、どこかお金がかからなくてのんびり暮らせる場所を探していると知って、親戚がここを提供してくれたのだ。

無人の、古い建物なので、好きに使ってくれていい、と。

住む人がいなくて荒れると物騒なので、これまで持ち主が一ヶ月に一度くらい通って最低限の手入れだけしていたのだが、優司が住んでくれればその手間が省ける、いずれ取り壊すことになるだろうが、それまでの間だけ、と……それは、優司にとって願ってもない条件だった。

郵便受けに名前を貼ったあと、そのまま優司は建物の周りをゆっくりと一周した。

建物の一方は道路に面しており、他の三方は近所の人が所有している小さな畑を挟んで、建て売りの住宅がぽつぽつとある。

畑との境は、ツツジの生け垣だ。

「花が終わったあとが汚くなるんだよ。気になったら切っちゃっていいから」

この家を貸してくれた親戚はそう言っていたが、終わった花は丁寧に摘んでやればいいし、今はその「汚い」時期も終わって、背の低い緑の木は生き生きと美しい。

建物の裏に回り込むと、畑で作業をしている老人がいたので、優司は軽く頭を下げた。

あとで近所に挨拶に行かなくては。

しばらく空き家だった、こんな建物に一人で越してきた自分は、どういうふうに見えるだろう、と優司は思った。

痩せた小柄な青年。

もうじき二十五歳、という年相応には見えるだろう。

顔立ちは繊細で、品良く整っていると言われることはあるが、どちらかというと気弱で内気な性格が表れていると思う。

身体が弱そうに見える……というのもよく言われることで、実際、もともと丈夫ではない。

大きい持病があるわけではないのだが子どもの頃からぜんそく持ちでしょっちゅう熱を出し、成長してからも細かい不調があちこちにあって、病名がつくほどではないがとにかく呼吸器官があまり丈夫ではないので注意したほうがいい、ということもわかった。

大学院の修士課程を終え、事務系の仕事で就職したものの二ヶ月ほどで体調を崩して入院し、そのまま退職となってしまった。

幸い、優司の状況を知った大学時代の恩師が声をかけてくれ、専門書の下訳の仕事を回してくれることになった。

もともと、ドイツ語の「ひげ文字」と呼ばれる古い書体に興味を持ち、あの文字で書かれた文章を読んでみたいという興味からドイツ語学科に入ったのだが、一般教養で出会ったドイツ近代史の授業に感銘を受け、史学科に転科までして師事した教授だ。

教授も、研究室の手伝いなど、あれこれ用事を頼んで気にかけてくれた。

そういう意味では、人間関係にはとても恵まれている、と思う。

両親は優司が小学生のころ立て続けに亡くなってしまったが、愛された記憶は残っている。

その後、母方の祖母に、やはり愛情を込め、不自由なく育ててもらった。

大学に入る前にその祖母も亡くなったが、進学するだけの費用は残して貰(もら)ったし、何人かの遠い親戚が親身になって助けてもくれた。

この家を貸してくれたのも、そういう親戚の一人だ。

学生のころも、教師にも友人にも恵まれ、いやな思いをしたことはほとんどなかった。

その中でも特に、優司にとって大切だった、一人の男。

殿村楓伍(とのむらふうご)。

なんとなく古めかしいその名前が、彼には不思議とよく似合っていた。

どこか古武士、という感じの雰囲気があったのだ。

大ぶりに整った男らしい顔立ち、とりわけきりりとした直線的な眉と引き締まった口元が、そういう印象を与えていたのかもしれない。

だからといって堅苦しい雰囲気はなく、むしろ明るく大雑把（おおざっぱ）な性格で、彼の傍（そば）にいると彼が放つ太陽のような光で空気が暖かくなる、と感じたものだ。

楓伍も家族の縁が薄く親戚の家庭で育っており、優司とはそこが共通点でもあったのだが、そういう生い立ちは彼の性格に全く影を落としていなかった。

優司はそれまで常に身体の不調があって、自分の身体はこの世界に合っていないのではないか、というような違和感を覚えていたのが、楓伍と親しくしていたあの時期はぴたりと治まっていたのだ。

楓伍の明るさや健康さが、優司に影響を与えてくれてでもいたかのように。

優司はその楓伍の邪気のない笑顔を思い出し、ふう、とため息をついた。

その彼を失ってから、もう五年近くになる。

異国で行方（ゆくえ）不明になり、現地の警察も捜してくれたし、優司も実際に楓伍が姿を消したあたりまで捜しにも出かけたが、結局何もわからなかった。

同窓会で出会ったとき、彼もドイツ語圏の中世の文化を研究していると知り、ドイツ語からドイツ近代史に移った優司と意外にも選んだフィールドが近かったことが嬉しかったのだが……

その研究のために出かけた先で、彼は、忽然と消えてしまったのだ。

自分から失踪するような動機は何もなかったし、結局のところ事故か事件かわからないが、もうこの世にはいないのかもしれない、と周囲は結論づけ……

優司もようやく、その現実を受け入れなくてはいけないだろう、と思うようになってきたところだ。

それでも、彼がいないこの世界は、あまりにも寂しい。

友人であった彼と、互いに想い合っていたことがわかり、一緒に過ごした幸福で濃密な時間が短かっただけになおさらだ。

昨夜も、彼の夢を見た。

彼と最初に愛し合ったときの記憶。

以前は、彼の夢を見ることさえ辛かったけれど、最近は少なくとも夢の中では幸福な気持ちでいられることが嬉しいと感じる。

もちろん目覚めたときに辛いのは同じだけれど、それでも彼の夢すら見なくなってしまうよりはましだ。

彼を失ってからの自分は、本当に生きてはいないかのようだ。

とはいえ、実際には呼吸をし、食事も住まいも必要なわけで、自立して生きていかなくてはいけない。

それでも、なんとなく自分の生活は、長い長い「余生」という気がしていて、二十四にしてすでに、隠居暮らしのようだ……と優司は感じていた。


近所に挨拶もすみ、少しずつ仕事にも取りかかり、優司にとっての新しい「日常」がはじまった。

とりあえず優司は今、ここが賄い付きの下宿だったときに食堂として使われていた、一階の広い部屋に住んでいる。

キッチンのある十二畳ほどの空間に、ベッドや仕事用のデスク、本棚などをすべて入れて、ワンルームとして使っているのだ。

バスルームもトイレもすべて一階にあるので、その気になれば二階には上がらずに暮らせる。

窓辺に据えたデスクの上には、高校の卒業アルバムが置いてある。

楓伍と一緒に撮った写真というのは、実はこのアルバムの中にしかない。

付き合っていた短い期間の記憶よりも少し若い楓伍の笑顔は、今の優司にとって大切なよすがだ。

それと、辞書類や、今とりかかっている仕事の資料とパソコン。

これらが、優司の世界の大部分を占めているという気がする。

キッチンは、設備は古いが自分の食べるものをさっと作るくらいならじゅうぶんだ。

買い出しは、徒歩十五分の距離にある小さな駅前のコンビニ……もしくは徒歩十分の距離にあるバス停から二十分ほどバスに乗って少し大きな駅に出れば、スーパーがある。

不便といえば不便な暮らしに見えるかもしれないが、優司には満足のいく環境だ。

何より、自然が豊かなのがいい。

仕事の合間に、近所の畑の間をただ歩くだけで、気持ちが穏やかになる。

もう少し慣れたら、身体に負担がかからない程度に少し長い散歩もできるだろう、と思いつつ……優司には、その前にしなくては、と思っていることがあった。

この家の、二階に風を通したり掃除をしたり、ということだ。

一応この「元アパート」の管理を任されたのだから、この古い建物がこれ以上傷まないようにに手入れをしなくてはいけない。

天気のいいある日、二階の部屋の窓をすべて開けて空気を入れ替えようと、優司はきしむ音を立てる階段を上がった。

上がった先は二階の端で、右側は窓のある廊下、左側に個室の扉が並んでいる。

丸い取っ手のついた、内側から簡単な鍵がかかるだけの、薄い木の扉だ。

手前が一号室で、八号室まである。

親戚が案内してくれたときに一号室だけ見せてくれ「あとはみんな同じ」と説明された。

その一号室のノブを回して、扉を開ける。

ちょっと空気の籠もった、古い畳のにおいがする。

窓は南に面しているが、畳が焼けるので雨戸を閉めたままだ。

後ろ手に扉を閉めて、室内履き代わりに履いている紐なしスニーカーのまま畳に上がると、
優司はまず、古い鉄枠の窓を開けた。

その外側にある、がたつく木の雨戸を苦労して開けると、途端にさっとさわやかな風が入ってくる。

この、二階の部屋のどこかにハンモックでも持ち込んで、読書をするスペースにできるかもしれない。

そう思いながら優司は一号室を出て、隣の二号室の扉を開けた。

こちらの扉は少し歪んでいるようで、開けるのにちょっと工夫がいる。

それでもなんとか開け、ちゃんと閉められるかどうかを確認するために向き直って、内側からノブを引っ張って、閉まることを確認してから、振り向き――

優司は仰天した。

草原だ。

目の前に、背の高い草や灌木（かんぼく）が連なる、草原がある。

あるべきものは、隣の一号室と同じく、雨戸の閉まった四畳半の部屋のはずなのに。

草原は四畳半どころかはるか遠くまで続き、その向こうに黒っぽく見えているのは……森、だろうか。

優司は慌てて、両手で自分の頬を叩き、それからごしごしと目を擦（こす）った。

だが、相変わらず目の前には草原がある。

その草原の表面を強い風がさっと撫（な）で、青臭い空気が優司の顔を叩いた。

おかしい……どうして、こんな。

思わずよろめいて一歩後ずさると、背中に何かがぶつかった。

次の瞬間、その背中に当たった何かがすっと消えたように感じ、優司は後ろ向きに倒れた。

「うわ」

背中を打ち付けて思わず一瞬目を瞑（つぶ）り、そして開くと——

優司が転がっていたのは、アパートの二階の、狭い廊下だった。

目の前には、扉がある。

二号室の扉が。

その扉は、閉まっている。

確かにこの扉を開けて中に入り……そして。

優司は、今見た草原の風景を思い浮かべ、思わず首を左右に振った。

幻覚でも見たのだろうか。

だが、顔を叩いた風の感触は、あまりにもリアルだった。

優司は子どもの頃から病気がちだったため、ベッドの中で本を読んだりあれこれ空想することは好きだった。

だが、白昼夢や幻覚などを見たことはこれまで一度もないし、どちらかというとリアリストだと思う。

何か、気のせいだったのだ。

優司は立ち上がり、少し迷い……それから、おそるおそる二号室のノブに手をかけた。

ゆっくりと回し……そして、細く開けて、中を覗き込む。

そこには草原などなく、雨戸の閉まった四畳半の部屋があった。

それはそうだ、そうあるべきなのだ。

中に入っても……同じだろうか。

またいきなり、草原になったりしないだろうか。

いや、そんなばかなことがあるわけがない。

優司は思い切って一歩、部屋の中に入った。

変わらない。

古い畳と籠もった空気のにおいがする、狭い部屋のままだ。

一歩、畳の上に踏み出してみる。

やはり、変わらない。

優司はほうっとため息をついた。

奥まで踏み込み、窓と雨戸を開ける。

外はもちろん、隣の一号室を開けたときと同じ近所ののどかな風景だ。

優司はその、外の空気を吸い込んで深呼吸し、それから部屋を出て、隣に移った。

三号室も四号室も五号室も、びくつきながら開けたが、別になんの異常もない。

優司はなんだかおかしくなってきた。

あれは、一瞬立ったまま夢でも見たのかもしれない。

そう思いながら六号室の扉を無造作に開け、やはり中は普通の部屋だと安心してから、何気なく……本当に何気なく、一度後ろを向いて扉を閉め、そして振り向くと――

そこには、木があった。

「え⁉」

思わず、声が出る。

一本や二本ではない……幹のごつごつした、真っ直ぐな太い木が、どこまでもどこまでも続いている。

　これは、森だ。

　森の中だ。

　うっそうと茂った木々の間から、わずかに差し込む日の光で昼間だとはわかるものの、全体的に薄暗い。

　はるか頭上から、鳥の声。

　そして、確かに木々のにおいを感じる。

　足元(あしもと)には苔(こけ)類がぎっしりと生えていて、空気は爽やかだが……これは……やはり、おかしい。

　優司は自分の両頬を、ぱん、と平手で叩いた。

　痛い。

　だが、目の前の景色は変わらない。

　これはいったいどういうことなのか、と思った瞬間、右の方から足音のようなものが聞こえた。

　はっとしてそちらを見ると……こちらに向かって走ってくる一頭の、馬……いや、馬ではない、角(つの)の生えた大きな鹿だ……！

　鹿も優司に気付いたように見えたが、とっさに向きを変えることができないらしく、その代わりに大きく跳躍した。

「うわ」

思わず頭を抱えてしゃがみ込んだ優司を飛び越し、そして走り去っていく。

優司は呆然と、木々の間に鹿が消えていくのを見送った。

これは……これも……さっきと同じ、幻覚というか、白昼夢のようなもの……？

と、背後に何かの気配を感じ、優司は慌てて立ち上がりながら振り向いた。

思いがけないほど近くに……狼がいた。

犬じゃない。間違いなく、灰色の大柄な狼。

その、鉛色の瞳がじっと優司を見つめている。

怖い。

襲われるのだろうか。

出会ったら動いてはいけない……のは、熊だっただろうか？

いや、それも実は間違いで、目を見ながらゆっくり後ずさるべきだったか？

それとも目を見てはいけないのだっただろうか？

そうだったとしてももう遅い、目はばっちりと合ってしまっている。

狼がじり、と一歩前に出た。

思わず優司は一歩下がる。

そしてもう一歩……と、後ずさりした足のかかとが、何かに引っかかった。

「うわ！」

後ろ向きに勢いよく倒れ込み、手をつくのと同時に背中が地面に当たる。

その瞬間、目の前が真っ暗になり、優司は慌てて瞬きをし――

そしてそこは、またしてもアパートの廊下だった。

六号室の前、そして扉は閉まっている。

また、おかしな幻覚を見たのだろうか。

どうかしている……そう疲れているとも思えないのだが、新しい生活が、自分でもわからないままにストレスになっているのだろうか。

とにかく、落ち着かなくては。

優司は心臓がばくばくしているのを感じて、胸に手を当てようとし……

ぎょっとした。

手が、汚れている。

土と、それから苔のようなもの。

森の中で後ろ向きに転んだとき、背中と同時に手をついたから……いや、待て、あれが幻覚だとしたら、手が汚れるはずがない。

優司は慌てて、ぱんぱんと両手を払った。

土と苔は廊下の床に落ち、手にはまだ少し汚れが残っている。

「…………」

優司は無言で立ち上がり、早足で階段に向かい、そしてその階段を駆け下りた。

一階は、いつもと同じ佇まいだ。

優司は手を洗い、それからコーヒーを淹れて飲み、部屋の中を少しぐるぐると歩き回ってから深呼吸をし、そして……もう一度、二階に上がった。

ゆっくりと、一号室の扉を開ける。

さきほど窓を開けて風を通しておいたままで、部屋の空気が入れ替わってすっきりしている。

窓を閉めて、隣の二号室に移る。

さきほど草原が見えた部屋だ。

細く開けて中を覗き込んだが、異常はなかった。

ここも窓を閉めて隣に移る。

三号室も四号室も五号室も異常はない。

そして、さきほど森の中で鹿や狼がいた、六号室。

何度か躊躇ってからノブを回し、扉を開けて中を見る。

なんともない。

ここは、窓も雨戸も閉まったままの、普通の部屋。

やっぱり、どうかしていたのだ。

優司はほっと息をついたが、もう一度その中に入って窓を開ける気持ちにはなれず、とりあえず扉を閉めてふと廊下を見ると……さきほど払った土と苔が、まだそこにあった。


その夜、優司はここを貸してくれている親戚に、思い切って電話をした。

考えに考えたのだが、まずは誰かと話して自分の正気を確かめてみるべきだと感じたのだ。

とはいえ、いきなり「二階の部屋の扉を開けるとおかしな景色が見える」などとは言えないので、とりあえず生活が落ち着いた近況報告などをする。

すると、親戚のほうから、「そういえば」と言い出した。

「何かおかしなことはないかい?」

優司はぎくっとしながら、尋ね返した。

「おかしな……ことって?」

「いや、たいしたことじゃないんだけど、そのアパートでは時々ものがなくなるって言われたことがあるんでね。何か住み着いてる動物でもいて、それが持っていくんじゃないかって。でも俺が管理している間、動物を見たことはなかったんだよね」

優司はちょっと拍子抜けした気持ちになった。

動物。

野良猫とか狸とかハクビシンとか、そういう動物だろうか。

このあたりにはいても不思議ではないが、まだ猫以外は見たことがない。

「アパートの周りで見かけたことはないです……おかしな物音もしないし、それに今のところ、ものがなくなったりもしていません」

「それならよかった」

親戚は笑った。

「ものもだけど、人もいなくなるとか言われたからね」

冗談めかして言われた言葉に、優司はぎょっとした。

「人も!?」

「いや、俺もうちのじいさんから聞いた話でしか知らないんだけど、下宿人がいきなり姿を消してそれっきり、ってことがあったらしいんだよね。そんなことが数年おきに、三人くらいいたらしい」

優司の心臓がばくばくと音を立て始めた。

人が姿を消す……もし、あのおかしな風景の中に入っていって、帰ってこられなくなったりしたら……

「まあ別に、事件だとかそういうことじゃないらしいよ」

しかし親戚は、軽い調子で続けた。

「昔のことだし、下宿代が払えなくなったり、退学になったのを親にも言えなかったりしてこっそり姿を消す学生が、近所の似たようなアパートにもいたみたいよ」

そういうものなのだろうか。

「まあ、何か困ったことがあったらいつでも連絡して」

親戚がそう言ったので、優司は礼を言って電話を切った。

こうやって普通に会話をすると、自分の見たものはおそろしく非現実的に思える。

とりあえずは、忘れよう。

また見えてしまったら、そのときこそちょっと、病院に行くとか何か考えればいい。

優司は自分にそう言い聞かせた。


翌日から、なんとなくおそるおそるではあるが、優司は二階の掃除をはじめた。

すべての部屋をこわごわ開けてみたが、別に何ごとも起きない。

廊下に向かって扉を開け放ち、窓を開けて風を通し、それから、一号室から順にまずは畳に箒(ほうき)をかけ、八号室まで終わったところで今度は水拭きをはじめる。

廊下にあったはずの土と苔はいつの間にか姿を消していた。窓を開け放ったので風で散ったのか、それともそんなものは最初からなかったのかもしれない。

優司は及び腰だった自分がおかしくなってきた。

部屋の古い畳はささくれだってはいたが、固く絞った雑巾で何度か拭くと、くすんでいた表面につやが出てくるように感じる。

古い柱も同様だ。

デスクに向かって翻訳の仕事をしている合間にこういう作業をするのは、軽く身体も動かせるし気分も変わっていい、と感じる。

三号室まで掃除を終え、水の入ったバケツと雑巾を持って隣の四号室に向かうと、開け放った窓と扉の間を、少し強い風が吹き抜けた。

作業の間、扉は閉めておいたほうがいいかもしれない。

優司は振り向いて、雑巾を持ったほうの手でノブを引いて扉を閉め、それから部屋の中に向き直って——

絶句した。

そこは、雪山だった。

一面の銀世界、真っ青な空、遠くにどこまでも連なる真っ白な山々。

自分がいるのは、山の途中の少しなだらかな場所のようだ。

幻だ、幻覚だ、と思いたいのだが……

寒い。

恐ろしく寒い。

晴れてはいるが強い風が吹いていて、その風が身を切るような冷たさだ。

みるみる指先の感覚がなくなっていく。

これが幻だとしても、このままだとあっという間に凍死しそうだ。

落ち着け、と優司は必死に思った。

これが幻だとしてもそうでないとしても、背後には、自分が入ってきた扉があるはず。

そう思って振り向いたのだが……

そこに、扉はなかった。

同じように雪に覆われた斜面で、下の方には黒い木々の頭が連なっているのが見える。

扉はどこだ。

扉がないと、戻れない。

優司はパニックを起こし、その場でぐるぐると扉を求めて向きを変え……

足が、雪の下の凍った岩か何かを踏んだらしく、つるりと辷(すべ)った。

「あ！」

ぐらりと身体が背後に傾き……

落ちる、と思ったときには、後ろ向きに身体が落下していった。

空が、遠ざかる。

このまま、深い谷底に落ちて、死んでしまうのだろうか？

いやだ、と思った瞬間、背中に強い衝撃を感じ……

ゆっくり、優司は心の中で十数えた。

身体は止まっている。

痛みもそれほどない。

衝撃を受けた瞬間にかたく閉じていた目を開けると——

頭上には、天井があった。

慌てて身体を起こすと、目の前には、ぴたりと閉まった四号室の扉。

アパートの二階の、廊下だ。

またた。

今度は雪山。

そして、部屋の中に確かに入ったはずなのに、気がつくと廊下にいる。

やはり幻なのだろうか。

しかし……立ち上がろうとして足下を見ると、室内履き代わりのスニーカーと足首の間に、
白いものが見える。

雪だ。

指で掬い取ると、冷たさの残る雪に間違いない。

そして優司自身の耳や指先も、まだ冷たい。

やはり、幻とは到底思えない。この建物が、二階の部屋のいくつかが、何か、おかしいのだ。

これは、何が起きているのかを突き止めなくてはいけない。

優司は思いきって、目の前の四号室の扉を開けた。

四畳半の部屋だ……窓は開いていて、部屋の中はからっぽ。

だが、優司ははっとした。

バケツと雑巾がない。

手に持っていたはずのバケツと雑巾は、廊下にも、部屋の中にもない。

消えてしまった。

考えられるとすれば……落ちた拍子に手から離れて、あの雪山に落としてきてしまったのだ。

馬鹿げた考えかもしれない。

だが、この建物で時々ものがなくなる、という親戚の言葉を思い出すと……あり得ないことではないような気もしてくる。

頭を整理しよう、と優司は思い、階下に降りた。

デスクに座ると、いつもそこに置いてある卒業アルバムが目に入った。

思わず手に取ると、何度も見てもうページの開き癖がついているところが自然に開く。

楓伍の顔が、一番大きく写っている……生徒会選挙のときの一コマだ。

背後に本当に小さく、優司の顔も半分写り込んでいる。

クラスの集合写真を除けば、二人とも写っている写真はこれだけだ。

「楓伍……どう思う？」

優司は我知らず、写真の中の楓伍に話しかけていた。

「おかしいのはこのアパートかな、それとも僕なのかな……？」

写真の中の、優司が最後に見た彼よりも若い楓伍が、にっと笑ったような気がした——いや、その写真はもともと笑顔なのだが。

『どっちでもいいけど、ユウはどっちがいい？』

笑いを含んだ楓伍の声が聞こえたような気がした。

もともと、思い詰めるタイプの優司に対し、楓伍は楽観的で、考えてもどうしようもないことは笑い飛ばしてしまうようなところがあった。

「……僕がどうかしている、っていうのはいやかな」

思わずそう答えると、楓伍の笑みが深まったような気がした。

『俺も。だったらこのアパートがどうかしてるって考えればいいんじゃないか？　変なのはユウのほうだっていう考えは、どっちにしたって行き止まりにしかならないだろ』

それはそうだ。

自分がどうかしている、という可能性は脇に置いておいてもいい。

それを言い出したらもう何もできないし考えられない。

楓伍はいつもこんなふうに、優司の気持ちを楽にして、別の視点を与えてくれたのだ。

優司はデスクに頬杖(ほおづえ)をついて考え始めた。

アパートの建物じたいが変だとして……二階の部屋がどこか、別の場所に繋(つな)がっているのだろうか。

もしそうだとして、それは実在の場所だろうか？

それとも扉の向こうにしか存在しない場所なのだろうか？

クローゼットの奥が別の世界に繋がっている、という有名なファンタジーがある。

または、扉を開けると実在する望みの場所に行ける、という有名なマンガの道具もある。

そのどちらかに近いのだろうか。

しかし、扉を開けると必ずどこかに出るというわけでもない。

どこかに出る扉が決まっているわけでもなさそうだ。

最初におかしかったのは二号室で、草原に出た。

次は六号室で、森の中だった。

そのほかの部屋は、何ごともなかったのだ。

それなのに、今回は四号室。

何か……法則があるのだろうか……偶数の部屋がおかしいとか？

だが、偶数号室が必ずどうかしているというわけでもない。

優司は、食事も入浴も上の空で必死になって考え続けたが、どうにもわからず、とうとう夜中にベッドに倒れ込んで眠りに落ち……

夢の中で、扉を開けては閉めることを何度も何度も繰り返して——

「あ！」

突然何かがひらめき、優司はぱっと目を開けた。

「振り向いたんだ！」

瞬時に目が覚め、今夢の中で繰り返していた動作を確認する。

扉を開けて、そのまま後ろ手に閉めたときは、なんともなかった。

変だったのは、一度後ろを向いて扉を閉め、そして振り向いた瞬間だった。

間違いない。

では、戻ってくるときはどうだろう。

雪山でぐるりと回ったときには、背後には何もなく、扉は消え失せていた。

そして、後ずさりをして背中が何かにぶつかったり、躓（つまず）いて後ろ向きに転んだり、背中から落ちたり……

そうだ。背中。

三回とも、背中が何かに強くぶつかった瞬間に、背後で見えない扉が開くように、戻ってきたのだ。

そう思うと優司は、早く、もう一度試してみたくなった。

だがさすがに夜中だと怖い。

優司は頭がさえてもう一度眠ることもできず、朝が来るのを待ち続けていた。

優司の仮定は正しかった。

扉を開け、後ろを向いて扉を閉め、そして振り向く。

これまで何もなかった一号室で試すと、そこは大きな川が流れる平原だった。

そのまま、不器用に後ろに倒れてみると、廊下に戻っていた。

間違いない。

しかし同時に……同じ部屋がいつも同じ風景を隠しているわけではない、ということもわかっている。

もう一度一号室で試してみたら、そこは最初に二号室で見たような草原だったからだ。別世界に行く方法と帰る方法はわかっても、どの部屋がどの景色になるかは完全にランダムらしい。

最初は「実験」として扉の開け閉めを繰り返していたものの、優司は次第に、その別世界に惹かれるようになっていた。

驚きを通り越してみると、どれも、とても心引かれる風景なのだ。

特に、針葉樹の森と草原が好きだ。

木や草の香り、吹き抜ける風、太陽の光など、五感すべてが刺激され、癒やされるような気がする。

なんとなくだが、北ヨーロッパの風景、という感じもする。

楓伍が中世の城跡や古い道路などを調べていたあたりと、植生や気候がかぶるような感じもする。

ということはやはり、これは楓伍を想う自分の心が見せる幻覚なのだろうか。

それならそれでもいい、と優司は思うようになっていた。

幻覚だとしても、この幻覚はとてもリアルだ。

手についた苔や土、靴についた雪が持ち帰れるのなら、と……草原に咲いていた花を試しに手折ってみたらそれもちゃんと持ち帰れて、水を入れたコップに差してデスクの上に置いておいたら、しばらく咲いていて淡い香りも放っていた。

優司にとっては、扉を開けて違う場所に行く、というのが次第に日々の日課になっていった。

とはいえ、これがあまりにも非現実的な状況だというのもわかっていたから、長居はしない。

ほんの数分、景色や空気を楽しむだけ。

同時に、そうやってほんの数分あちらに行くと、こちらでも同じくらいの時間が経っている、ということもわかってくる。

時計を持って行って試してみると、時間の流れは全く一緒だ。

そして、日が高い時間に行けばあちらも真昼だし、夕方に行ってみるとあちらの夕焼けが見えたりして、時間の流れは連動しているようだ、とわかる。

それがわかったからどうということでもないのだが、少なくとも浦島太郎のように、あちらで数分過ごしたらこちらで何日も経っていた、ということにはならないようで、それは一つの安心感になる。

そんなことを続けて、何日か経った、ある日。

五号室の扉を開けると、そこは以前にも見た、川の流れる平原だった。

だがこれも、いつも全く同じ場所、同じときに出るわけではないらしくて、前に見たときよりも川が近いし、以前は晴れていた空に、薄く雲がかかっていて、ちょっと肌寒い。

季節はいつ頃なんだろう、と思ったとき……

背後から複数の動物の足音のようなものが聞こえて、優司は振り返り、はっとした。

数頭の馬が、列になってこちらに進んでくる。

鹿は見たことがあるが、馬ははじめてだ。

そして……その馬には、人が乗っていた。

先頭にいる人物は、赤っぽいくすんだ色の、長い上着を着ているように見える。

後ろに続く人々が手に持っているのは……槍、らしきもの。

その中の一人の顔がこちらを向いたような気がして、優司は思わず、丈の高い草の中にしゃがみ込んだ。

相手は優司には気付かなかったのか、一隊はそのまま、優司がしゃがんでいるすぐ傍まで近づいてくる。

優司は心臓がばくばくと音を立てている感じがして、胸のあたりをおさえた。

人が、いる。

なんとなく、アパートの扉が通じている世界には、動物はいても人はいないという気がしていたのだが、この世界には人がいるのだ。

草の間から見ていると、馬はよく見るサラブレッドのような馬よりも一回り大きく、ごつい感じだ。

乗っている人々も、体つきのがっしりとした男たち。

よく見ると、長い上着風のものの下に、金属の鎖を編んだものを着込んでいる。

頭には、その金属の鎖をフードのように被（かぶ）っている人もいれば、そのフードを背中に垂らして頭がむき出しになっている人もいる。

そして……先頭を行く一人の男の横顔がはっきり見えたとき、優司は息を呑（の）んだ。

楓伍に、似ている。

短髪だった楓伍と違い、黒い癖のある髪は肩に届くくらいまであるし、厳しく前を見据えている表情も、笑顔の似合った楓伍とは違う、が。

顔立ちが……くっきりとした黒い眉、かたちのいい高い鼻、切れ長の二重の、わずかに目尻の上がったきりっとした顔立ちが、楓伍と似ている。

だがそう見えたのは一瞬で、一隊はあっという間に優司が潜む草むらの傍を通り過ぎてしまい、優司はその後ろ姿を見送るしかなかった。


戻ってくると、優司は卒業アルバムを開いた。

その中には楓伍の笑顔がある。

十八歳の、友人たちの中では大人びているが、それでもまだ少年の雰囲気を残している、昏さなどみじんもない、邪気のない笑顔。

さっき見た男はもっと年上に見えた。

再会し、気持ちが通じ合って短く幸福な時間をともに過ごしたとき、優司と楓伍は二十歳だったが、それよりもさらに年上だと感じる。

現実の楓伍が無事でいてくれたら今の年齢は二十五歳だが、少しばかり年を取るのを急いだならば、あの馬上の男くらいの雰囲気であっても不思議はない。

そう思ってから、優司は苦笑した。

相手は、現実に存在するのかどうかもわからない人間なのに、楓伍と結びつけてどうなるというのだろう。

むしろ、自分が楓伍のことを考えているから、楓伍に似た顔の男を見たのかもしれない。

だが……あの男たちが着ていたものは、自分の空想の産物とも思えない。

中世の騎士っぽいとは思ったが、いわゆる西洋甲冑……ヨーロッパの中世の騎士、と言われて優司が想像するような、全身を金属で覆う鎧とは少し違っていた。

優司はパソコンを立ち上げ、思いついた言葉で検索してみた。

最初は、優司が知っている西洋甲冑しか出てこなかったのだが、ふと思いついて「十字軍」という言葉を検索してみると……

「あ」

似たものが出てきて、優司は思わず声をあげた。

出てきたのは、チェーンメイルというものだ。

十四世紀くらいまでヨーロッパで使われていた、金属を鎖状に編んだもの。

要するに、鎖帷子(くさりかたびら)だ。

それを着て、その上からさらに無骨な鎧を着たり、バケツのような兜(かぶと)を被ったり、チュニック風の上着を着たりするらしい。

そうだ、この格好に近かったのだ。

それは……優司がずっと抱いていた、扉の向こうにあるのが現実なのか幻なのか、という問いにひとつの結論を与えてくれるようにも思える。

自分がよく知らなかったものを、幻覚としてあんなにはっきり見ることはできないのではないだろうか。

苔や土、花を持ち帰ることができたのは、優司の思い込みによる幻でないとは言い切れなかったのだが、自分の中に存在しない知識に基づくものを、あんなに明確に思い描くことはできないはずだ。

だとしたら……扉の向こうにあるのは、現実に存在した過去のヨーロッパのどこか……もしくは、それによく似た、全くの異世界。

そしてそこには、楓伍に面差し（おもざ）の似た男がいる。

いや、本当にそんなに似ていたのかもよくわからないし、似ているからと言ってどう、というわけでもないのかもしれないが……もう一度あの男の顔を見てみたい。

優司はそう思うといてもたってもいられなくなって、二階に戻った。

今までの経験で、二度続けて同じ扉を開けても、同じ景色のところに出るとは限らないことはわかっている。

それでも一応五号室の扉を開けたら、そこはこれまで見たことのない山の中だった。

雪山ではなく、針葉樹に覆われたなだらかな山で、すぐ傍に、道が一本通っている。

道……獣道というよりは、人が通る道、という感じだ。

この間に続いて、人が存在する痕跡。

しかし、しばらく佇んでいても人の気配はなく、優司は一本の木の前に立ち、勢いよくその木に寄りかかって背中をぶつけ……アパートの廊下に帰ってきた。

よし、次だ。

隣の六号室の扉を開け、閉め、振り向く。

と——そこは、あまりにも思いがけない景色だった。

四方が高い石壁に囲まれている。

人の気配どころではない……どこか、建物の中だ。

いや、上には四角くくりぬかれたような青空があるから、大きな建物の中庭のような場所だろうか。

背後から、人の叫び声のようなものが聞こえ、優司はぎくりとして振り向いた。

石壁が一ヶ所口を開けていて、そこに立っている男が……あの鎖でできた鎧をつけた、茶色い頬髭（ほおひげ）を生やした大柄な男が、優司を見て何か叫んでいる。

すぐに男の背後から、同じような格好の男たちがわらわらと飛び出してきた。

優司に向かって刀を構えたり、槍の先を向けたりしながら、何か言っている。

だが……言葉がわからない。

日本語ではない……優司がよく知っているドイツ語と似ているような気はするのだが、知らない単語ばかりだ。

男たちは戸惑う優司に苛立（いらだ）ったのか、武器を構えたままじりじりと優司を取り囲む。

あの槍に実際に刺されたら……死んでしまうのだろうか。

逃げなくては、と思うのだが、背後にも男たちが回り込んでいて、うっかり背後に倒れ込んだら、自分から槍に刺されに行くようだ。

と……

男たちの輪の背後から、鋭い声が響いた。

輪の一カ所がさっと開き、その空間から、一人の男が歩み寄ってくる。

優司ははっとした。

あの男だ！

楓伍に似ていると思った、あの男。

やっぱり似ている。

身長も楓伍と同じくらい……だが、記憶にある楓伍よりもがっしりしているように見える身体つき。

男は他の男たちと違ってあの鎖帷子はつけておらず、身体の中心から左右に色が分かれ、違う模様が入った膝下丈のチュニックのようなものを着ている。

男は優司から三歩ほどの距離で立ち止まった。

じっと優司を見つめるその目は……やはり楓伍の視線とは違う。

黒い瞳に宿っているのは、異質なものを見る驚きと、警戒。

眉を寄せ、厳しく唇を引き結んでいる。

周囲を囲む男たちの一人が言いかけたのを、楓伍に似た男はさっと片手を上げて制した。

そして、優司を見つめて、何か言った。

理解できない言葉だが、何か尋ねているのはわかる。

お前は誰だ、とか……どうしてここにいる、とか、そういった問いなのだろうが、答えようもない。

だが、声も楓伍に似ている、ということだけはわかった。

低く、胸のあたりに響いてよく通る声。

優司は思いきって口を開いた。

「言葉が、わからないんです」

男は眉を寄せ、わずかに首をかしげる。

その瞳に、何か不思議そうないろが宿る。

もう一度、男は何か言った。

わからないものはわからない、と優司は首を振った。

男はじっと優司を見つめたまま、何か考えている。

優司は、自分が危険な状況にあるということを忘れそうになっていた。

楓伍に似た男とこうして向かい合って立ち……通じないながらも、言葉を交わしている。

これはやはり、夢か幻ではないだろうか。

楓伍に会いたい、と思う自分の心が見せている、幻影なのではないだろうか。

それならそれで、ちゃんと言葉の通じる本物の楓伍の幻を見たかったのに、自分の頭の中はいったいどうなっているのだろう、と思ったとき。

石壁の向こう側から、何か叫び声のようなものが聞こえた。

楓伍に似た男がさっと頭を上げ、取り囲む男たちに何か命じたように見え……

優司の正面にいた数人が、手を伸ばして優司に近づいてきた。

捕まえるつもりだろうか、と優司は思わず一歩下がり――

何かに躓いた。

「あ」

身体が背後にひっくり返る。

転んでしまう、と思った次の瞬間には背中から倒れており……

そして優司は、アパートの廊下に戻っていた。


どういうことだろう。

楓伍に似た男がいるあの世界は、いったいどこなのだろう。

優司は、それが無性に知りたくなった。

あれが何かひとつの「現実」だとしても、自分の頭の中から出てきたものだとしても、あれがどういう世界なのか知りたい。

鎖帷子や武器の雰囲気からして、十三、四世紀くらいのヨーロッパであることは確かだろう。

森に生えていた木の感じからすると、北のほう。

そして、言葉……わからない言葉だけれど、なんとなくなじみのある音のような気もする。

優司にとってなじみのある外国語といえば、ドイツ語だ。

現代ドイツ語。

じゃあ……現代でないドイツ語なら？

日本語だって、中世の人と現代人が会話をしようとしたら、そうすんなりとはいかないはずだ。最初はわけがわからないのではないだろうか。

ドイツ語の古語と言われるものはいくつかあるが、それくらいの時代だとしたら……

そこまで考えて、優司ははっとした。

十字軍時代の北ヨーロッパといえば、それはまさに、楓伍が研究のフィールドにしていた時代だ。

そうだ、あれがある。

楓伍からもらった、ヨーロッパの古地図。

付き合いだして間もないころ、楓伍の部屋に貼ってあった地図が美しく、面白く、しげしげと眺めていたら、楓伍が「気に入ったなら持ってけ」と壁から剝(は)がして優司にくれたのだ。

印刷物でいくらでも手に入るから、と。

あれは、大事に取ってある。

引っ張り出して机の上に広げると、集中的にピンを刺したあとの、小さな穴が開いている場所があった。

楓伍が遺跡の調査などに出かけていたあたりだ。

地図には古語らしいもので地名が書き込まれ、その上に楓伍が書き込んだ日本語がある。

そして、地名以外に書き込まれた、説明書きのようなもの。

優司は辞書をめくり、それらの言葉と同じ年代くらいに使われていた単語を調べ始めた。

これくらいの時代の、この地方の言葉……ラテン語から派生した、現代ドイツ語とはかなり違う言葉は、ある程度研究が進んでいて、発音なども見当がつくものが多い。

この時代の言葉をある程度覚えておいたら、今度会ったときに少しは言葉が通じるかもしれない……もしかしたら全く見当外れかもしれないけれど、単語ひとつでも発音の似たものがあれば、何か意思の疎通ができるかも。

今度会ったとき。

優司は、自分が本気で、楓伍に似たあの男ともう一度会うつもりでいることに気付いた。

もしかすると自分は本当に、どうにかなりかけているのかもしれない。

ここに住むようになってから何度かそうやって自分の正気を疑ったけれど、なんだかそれももう、どちらでもいいような気がしてきている。

このアパートがどこか秘密の世界に通じていて、そこが自分にとって魅力的な場所で、楓伍の思い出も新たにしていけるような世界なら、自分にとっては嬉しい。

そして、日々ちゃんと仕事をし、食事をし、誰にも迷惑をかけずに生きていきつつ、そういう秘密の世界を持ったって、構わないはずだ。

これは開き直りなのだろう、と思いつつ……自分が妙な方向にではあるが「前向き」であると感じることは悪くない、という気がしていた。

だが。

「次に会ったとき」に備えだしてからは、いっこうにあの男には会えなかった。

どの扉をどう開けても、人がいる場所に出ない。

森の中、山の中、川辺、どうかすると洞窟の中、などということはあっても……人に出会わない。

どうしてだろう。

何かやり方が間違っているのだろうか。

人に出会ったときとそうでないときの違いはなんだろう。

部屋に入り、後ろを向いて扉を閉め、そして振り向く……その手順に、何か違いがあっただろうかと考え、法則を見つけようとしても、どうしてもわからない。

焦れながら、十日ほど経っただろうか。

夜中、優司ははっと目を覚ました。

地震だ。

建物がみしみしと音を立てて揺れている。

震度三くらいだろうと思うのだが、古い木造の建物の中にいると……そして夜中だと、もっと大きな地震だと感じる。

と、二階で何か「どすん」という音がした。

なんだろう……置いてある掃除道具か何かが倒れたのだろうか、だがそういう音よりも重い感じという気もする。

地震は収まり、優司はもう一度眠ろうとしたが、なんだか二階の物音が気になって眠れない。

まさか……地震で扉が開いて、あちらの世界からこちらに何かが出てきた、なんてことはあり得ないだろうけれど……そう想像しただけで、気になってくる。

優司はとうとうベッドから起き上がり、パジャマのまま室内用のスニーカーを履き、階段へ向かった。

電気は普通につく。

二階の廊下も、別に異常はない――いや。

三号室の扉が、少し開いている。

毎日、扉が全部きちんと閉まっているかどうか点検しているから、閉め忘れということはないはずだ。

今の地震で開いてしまったのだろうか、と思いながら優司は三号室の扉の前まで行き……開いた扉から、中を覗き込んだ。

天気の悪い日以外は雨戸を閉めていないので、窓ガラスからぼんやり月明かりが差し込んでいて、部屋の中に異常がないのは見て取れる。

優司は扉を閉めようとして、閉まらないことに気付いた。

もともとこの建物は、立て付けの悪い感じがしているのだが、今の地震でどこかが歪んだのだろうか、何か引っかかった感じがして閉まらない。

優司は、扉を一度手前に引っ張った。

きしみつつも扉はなんとか全開になる。

そこからもう一度押して、閉めようとするのだが、やはりどうにもこうにも重い。

押してもだめなら引け、という言葉が浮かんで、優司は部屋の中に入り、ノブを摑んで思い切り引っ張った。

動かない。

一、二度扉を前後に揺するようにノブを押し引きし、そしてもう一度引っ張ると、扉は突然勢いよく閉まり、優司は部屋の中に向かって尻餅をついた。

その瞬間、背後で犬の鳴き声が聞こえたような気がして、はっとして振り向くと——

そこは、建物の中だった。

しまった。

なんの心の準備もないままに、こちらに来てしまった……！

そして、建物の中……というよりは、回廊というのだろうか、石造りの建物の、中庭を囲む、屋根のある廊下のようなところにいるらしい。

廊下に、間隔を空けてたいまつが点(とも)っており、夜ではあるが意外に明るい。

と、先ほどよりも大きく犬の声が聞こえ、優司は慌てて振り向いた。

黒っぽく大きな、狼のような犬が二頭、回廊の向こうから優司の方に走ってくる。

その後ろから、兵士のような男たちが二人。

逃げる間もなく犬は優司の前まで来て止まり、頭を低くして、牙(きば)をむきだして唸(うな)った。

怖い。

と、犬を追ってきた兵士が何か叫び、犬の一頭が、優司の足首のあたりに飛びついた。

少しゆるいパジャマの裾を犬ががっつりと咥(くわ)え、びり、と破れる音がした。

石の廊下の上に倒れ、身動きが取れなくなった優司に、もう一頭が飛びかかる。

「うわっ」

犬が首のあたりをめがけてきたのがわかって、優司は慌てて腕で首を庇(かば)った。

腕に鋭い痛みが走る。

そのとき——

誰かの、鋭い声がした。

犬の動きがぴたりと止まる。

もう一度同じ声が何か言い、二頭の犬は優司から離れて、石の廊下に伏せた。

そして……

犬や兵士と反対側から、声の主がゆっくりと歩いてきた。

優司には、その声を聞いた瞬間に、相手が誰なのかわかった。

楓伍に似た、あの男だ。

もう一度会いたいと思っていた、あの男だ……！

男はゆったりとした白いシャツの上に、黒っぽい寛ぎ着のような上着を羽織っていて、倒れ込んでいた優司の前に膝をつく。

「……？」

男が訝しげに眉を寄せながら、何か言った。

わからない言葉で。

優司は慌てて脳をフル回転させた。

いろいろ調べた中世語……その中からとっさに浮かんだ一言を口に出す。

「ここは……どこですか？」

男の眉が上がり、答えた。

「ここは、俺の城の中だ」

通じた！

男の言葉もわかる……！

「それで、お前は何者だ？　どうしてここにいる？」

どういうことだろう。

一言通じた瞬間、優司は急に、相手の言葉が完全に理解できていることに気付いた。

そして自分の口からも、思っていることが相手に通じる言葉として、出てくる。

「どうしてここにいるのかは……わからないんです」

中世語についてほんの少し調べただけで、こんなに話せるはずがないのに。

「名前は？」

楓伍に似た男は穏やかに尋ねる。

その口調が、何かを理解しようとしているときの楓伍の口調にあまりにも似ていて……

「ゆうじ、です」

自分の名前を告げたら何か反応があるような気がして、優司は思い切って答えた。

しかし、男は不思議そうに眉を寄せただけだった。

「ユー……ジン？　異国ふうの名前だな」

ゆうじ、がユージンと聞こえたらしい。

やはりこの男は楓伍ではない……こんなにも似ているけれど、別人なのだ。

優司はわかりきったことを確認したという、落胆を感じた。

「それであの、あなたは」

優司が尋ねると、男は呆れたように肩をすくめる。

「知らぬのか。俺はこのツェードリッツ城のあるじ、ツェードリッツの黒獅子伯爵とも呼ばれている、ハンス・フーゴ・フォン・ツェードリッツだ」

優司ははっとした。

ハンス・フーゴ。

フーゴ……楓伍と同じ発音の名前が入っている……！

高校生のころ、ドイツ語圏には俺と同じ名前があるんだと、楓伍が笑っていたのを思い出す。

これには何か意味があるのだろうか。

この男と楓伍には、何か繋がりがあるのだろうか。

と……

「殿、この男をどうなさいますか」

二人のやりとりを見ていた兵士の一人が、我慢できなくなったように言った。

「先日、前庭に現れたのと同じ、怪しい男だと思いますが」

「ラスベックの間者では？　ラスベックが魔術師を雇ったのでは？」

もう一人も不安そうにそう言って、優司と男を交互に見る。

「ラスベックの……まあ、そうも考えられなくはないが」

ハンス・フーゴという名の男はちょっと考え……それから、にやりと笑った。

「それにしては間が抜けている。魔術師や間者なら、もうちょっと悧巧(りこう)な現れようがあるだろう」

そう言って、優司に尋ねる。

「お前はラスベックの手のものなのか？」

優司は、首をぶんぶんと横に振った。

ラスベックというのがなんなのかわからないが、兵士たちの口調から、敵対している相手だという感じがする。

そういう相手との関係を疑われてはたまらない。

「ふむ」

ハンス・フーゴは顎に拳(こぶし)を当て、観察するように優司を見る。

「どうやら武器もない、体格も弱々しい、危険はなさそうだ。まずは怪我の手当てでもしてやろう」

そう言って立ち上がると、優司に向かって手を差し出す。

怪我……？

なんのことだろうと思い、ハンス・フーゴの視線を追うと、自分の腕が……パジャマの袖が破れ、皮膚から血がにじんでいるのが見えた。

犬に飛びつかれて首を庇ったときに、腕を噛まれていたのだ。

そう思った瞬間、犬は本気で自分を襲ったのだと……もしかしたら命が危ういところだったのだと気付き、心臓がばくばくしてくる。

と、手を差し出したままだったハンス・フーゴがちょっと肩をすくめ、もう一度腰を落としてかがむと、いきなり優司を抱き上げた。

「え、あ」

驚いてじたばたしかけた優司の身体を、ハンス・フーゴの逞しい腕がしっかりと抱え、無造作に肩に担ぎ上げる。

「なんだ、この軽さは」

ハンス・フーゴは呆れたように言いながら、大股でずかずか歩き出した。

楓伍にそっくりな男に……触れている。

もう一度会いたい、顔が見たいと思った相手と、言葉を交わしたばかりか、こうして本当に触れ合っている。

そう思っただけで、優司の鼓動が速まる。

「殿！」

兵士たちが慌てて追ってこようとすると、ハンス・フーゴは振り向きもせず言った。

「大丈夫だ。俺の居間まで、オイゲンを寄越せ」

「……は」

兵士たちが顔を見合わせ、それから慌てて反対方向に急ぎ足で去っていくのが、ハンス・フーゴの肩越しに見えた。


ハンス・フーゴは、優司を抱いたまま軽い足取りで階段を上った。

壁は石積みだし、床もれんがを敷き詰めたように見える。

ところどころに細長い窓があるが、最低限の明かり取りという感じだ。

そして大きく開け放たれていた木の扉から中に入ると、そこは外に面した大きな窓がある部屋だった。

鉄の鋲を打った木の窓は両側に大きく開け放たれ、そこから気持ちのいい夜風が吹き込んできている。

初夏の夜の香りだ、と優司は思った。

厚い布を敷いたベンチのようなものに優司をおろすと、ハンス・フーゴは腕組みをして優司をしげしげと見た。

楓伍に似た男らしい顔立ちのまわりを、少し癖のある漆黒の髪が縁取っている。

彼は「黒獅子伯爵」と呼ばれている、と名乗ったが……確かに彼がまとっているのは、美しく獰猛（どうもう）な獣、という、その名にふさわしい空気だ。

その彼の視線に、優司は落ち着かない気持ちになった。

楓伍の、穏やかで優しく、どこか茶目っ気のある目つきとは少し違って……老成した落ち着きの中に、不審と好奇心が入り交じっている。

それでも、なんだか楓伍に見つめられているような気がする。

「おかしな服を着ているな。この間もそう思ったが」

ハンス・フーゴは言った。

その口調にも、楓伍にはなかった尊大さのようなものがある。

おかしな服。

優司だって……この別世界に来るのに、青いチェックのパジャマなど着てきたくはなかったのだ。

あんなに来たいと思っていた場所だったのに、想定外の状態で来てしまった。

だが今、自分は本当にこの世界に来て、楓伍とよく似た男とこうして向かい合っているのだと思うと、不思議な感じだ。

ハンス・フーゴはくるりときびすを返し、壁際の小さなテーブルのほうに歩いた。

身長は楓伍と同じくらい。手足の長さのバランスも。だが楓伍よりもさらに筋肉のついたがっしりとした身体に見える。

ハンス・フーゴは水差しと盥（たらい）のようなものが載ったテーブルをそのままひょいと持ち上げ、優司の前まで持ってくると、無造作に優司の腕を取った。

その、手。

指の長い、関節のしっかりした大きな手は、やはり楓伍の手と似ている。

だが楓伍にはなかった、小さな傷跡のようなものがいくつもある。

ハンス・フーゴは、優司のパジャマの破れた袖を捲（まく）ると、片手で水差しを持ち、盥の上で血を洗い流した。

「……っ」

その水が少ししみて、優司は思わず唇を噛んだ。

「痛むのか？　たいした傷ではないぞ。犬どもは一応加減したのだ」

ハンス・フーゴは少し呆れたように言いながらも、血を洗い流したあとを、清潔そうな布でそっと押さえ、それから別の布でぎゅっと縛ってくれる。

そこへ、

「殿、失礼いたします」

開け放ってあった扉からそう声をかけて、一人の老人が部屋に入ってきた。

床につきそうな長い上着を羽織った、白髪(しらが)頭の小柄な老人だ。

「オイゲン、夜分に呼び出して悪いな」

ハンス・フーゴが、歩み寄ってきた老人に向かってにやりと笑う。

「見ろ、この間前庭に現れて消えたおかしな者だ。眠れないので回廊を散歩していたら、今度もいきなり出てきた」

「なるほどなるほど」

オイゲンと呼ばれた老人が、優司をじっと見つめる。

「黒髪に黒い目、と聞いておりましたが、殿の御髪(おぐし)やお目とは少し違いますな。それでもあまり見ない色には違いない」

優司の髪や目は、日本人らしい「黒」ではあるが、楓伍や、このハンス・フーゴの漆黒と比べれば少し茶色がかっているかもしれない。

だが……そういえば、兵たちの髪や髭は金髪や茶色が多かった気がする。

もしかするとここでは、黒髪に黒い目は珍しいのだろうか。

「不思議と、あまり危険な人間には見えませんな」

オイゲンが優司を観察しながら言葉を続けると、ハンス・フーゴが頷(うなず)いた。

「だろう？　こんなかすり傷ひとつを痛がっているし……戦士の体格ではないし、肌などまるで、日に当たったことのない女のように滑らかだ」

「しかしそれが同時に、不審な点でもありますな。無害と見せて油断させる策、ということもあり得ます。直情で頭の悪いラスベックのやり方らしくはないが」

オイゲンはそう言って、優司と視線を合わせた。

鋭く、考え深そうな瞳がじっと優司を見る。

「名前は？」

「……長谷部、優司と言います」

中世ドイツ風の世界でこうやって名乗ることに強烈な違和感があるが仕方がない。

オイゲンが首をかしげる。

「異国風の発音ですな。ユージンは、我々の言葉に直せば、私と同じオイゲンです。ハーシユべ？　というのが家名かな？」

優司は頷いた。

そうか、確か英語圏の「ユージン」はドイツ語圏だと「オイゲン」になる。

「お前もオイゲンか。紛らわしいな」

ハンス・フーゴが腕組みして眉を寄せた。

「ハー？　シベ？　というのも言いにくいし、他に何か呼び方はないのか、名前はそれだけか」

優司は戸惑ったが……ドイツ語の名前で、自分の名前に近そうなものをとっさに考えた。

「ユルゲン、では？」

「ユルゲン。それなら呼びやすい」

ハンス・フーゴが頷く。

優司という名との共通点は頭の「ゆ」だけだが、それでも楓伍と似た男の唇からその音が出るのは、なんだか嬉しい。

「ではユルゲン」

ハンス・フーゴは少し改まり……

そして突然、厳しい声で言った。

「お前はどこから来た何者なのか、どうやっていきなり現れたのか、なんのためにここに現れたのか、説明してみろ」

空気をぴしりと打つような、厳しく冷たい、そして命令することに慣れた声に、優司はびくりとした。

楓伍は、こんな声は出さなかった。

相手に「怖い」と感じさせるような声は。

「ぼ……僕にも、わからないんです」

優司は慌てて言った。

信じてもらえるかもらえないかは別として、とにかく正直に言うしかない。

「以前から……僕が住んでいる家の扉を開けると、別な世界に通じてしまっていて……森の中とか、山の上とか……そして、ここof か」

「家の扉を開けると、だと？」

ハンス・フーゴは思い切り眉を寄せた。

「では、お前の家は何か、魔術で作られた家なのか。お前は魔術師か」

「違います……！」

優司は首を振った。

「僕は、何者でもない、普通の平凡な人間なんです。どうして僕の家の扉が、この世界に通じているのか、僕にもわからないんです」

「この世界、と言ったな」

ハンス・フーゴが首をかしげる。

「では、お前の住んでいる世界というのは、なんなのだ」

なんなのだ、と言われても。

「ここからは……たぶん、とても遠いと思います。地球の……ええと」

中世のドイツ語圏に、地球が丸いという概念はあっただろうか。

「世界の、反対側というか……とにかく遠くです。言葉も違うし、文化も違うし」

時代も違う、などと言うと怪しすぎるだろうか。

「確かに」

オイゲンが考え込みながら言った。

「着ているもののひとつ取っても、時折紛れ込むものどもとも違う、これまでに見たことのないかたちのものですな。そもそも、こんなふうに現れたり消えたりする人間など、これまで聞いたこともない。はじめて見る種類のものには違いありません」

「だが、言葉が違うというが、お前は俺たちと同じ言葉を話している」

ハンス・フーゴは不審そうだ。

優司だって、どうしてほんのひとこと通じた瞬間に、自分がここの言葉を話せるようになったのかわけがわからない。

「僕にも……どうしてあなたたちの言葉が話せるのかわからないんです」

「わからない、ばかりだ」

ハンス・フーゴが苦笑する。

「では、お前の国の言葉を喋(しゃべ)ってみろ」

いきなりそう言われても、何を話したらいいのか。

「僕の国は、日本と言います」

とりあえず日本語でそう言ってみると、ハンス・フーゴが訝しげな顔になった。

「……なんと言ったのだ？」

「僕の国は、ニホンという名前だと言ったんです」

こちらの言葉で言い直すと、オイゲンが首を左右に振った。

「聞いたこともない言葉、聞いたこともない国ですな」

オイゲンも、ハンス・フーゴも、そのまま黙って優司を見つめている。

優司をいったいどう扱ったものか、と考えている様子だ。

優司は、じわじわと不安が募ってくるのを感じた。

考えなしに、というか不測の事態でこちらに来てこんなことになってしまったが、自分の立場があからさまに不審だということくらいはわかる。

ましてやここが、戦争が日常の世界で、具体的な敵もいるのであれば。

もしかしたら自分は、命の危機に直面しているのだろうか。

あまりにも非現実的なので不思議と恐怖はない。

この世界で自分が死んだとして、「本当の」自分も死んでしまうことになるのだろうか、それともいつものように、アパートの廊下にいるのだろうか、などと考えていると。

「とりあえず」

やがてオイゲンが言った。

「はっきりしたことがわかるまで、地下牢ですかな」

このオイゲンというのは、ハンス・フーゴの助言役のような立場なのだろう。

そして優司がオイゲンと同じ立場だったとしても、同じことを言うだろう、と思う。

しかし、ハンス・フーゴは首を横に振った。

「いや、その必要はないだろう」

「殿⁉」

驚くオイゲンに、ハンス・フーゴは片頰でにっと笑った。

「危険はない。それはわかる。そして俺は、このおかしな男を……ユルゲンをもう少し近くで観察してみたい。だから、俺の部屋に留め置く」

「殿、それは――」

反論しようとするオイゲンに、

「俺が決めた」

ハンス・フーゴが突然厳しい声でぴしゃりと言った。

有無を言わさない、威厳と威嚇(いかく)を含んだ厳しい声。

オイゲンが唇を嚙み、頭を下げる。

「……お決めになったのであれば」

不承不承であることを隠さない口調でそう言ってから、頭を上げてハンス・フーゴを見上げる。

「ただし、この部屋から出さぬこと、この部屋から声の届く範囲に見張りの兵を増やすことはお守りいただきたい」

「もちろんだ」

ハンス・フーゴは軽い口調で言った。

「それに、すでにそれくらいの手配はできているだろう。誰か！」

開け放した扉に向かってハンス・フーゴが声を張り上げると、すぐに二人の兵士が姿を現した。

ハンス・フーゴは満足そうにオイゲンをちらりと見てから、兵士たちに言った。

「この男は当面俺の部屋に留め置く。対処を」

「は」

兵士たちは頭を下げ、それ以上の命令がないことを悟ってか、さっと部屋から出て行く。

「やれやれ」

オイゲンがふう、とため息をつき……

「では、私にもこれ以上のご用はございませぬな。年寄りはきちんと眠らねば明日が辛いので、失礼いたします」

そう言って、部屋を出て行こうとする。

そのオイゲンの背中に向かって、ハンス・フーゴが声をかけた。

「オイゲン、言うことをきかず、悪いな」

オイゲンは立ち止まり、首だけを回して振り向くと、

「なんの」

そう言って苦笑し、部屋を出て行った。

どうやらこの二人は厚い信頼関係で結ばれていて、ハンス・フーゴが少し声を荒らげたくらいではその関係は揺るぎもしないのだろう、と優司が思っているうちに、扉が重々しく外から閉められた。

急に、空気が静かになる。

そして……ベンチに座っている優司を、ハンス・フーゴがじっと見下ろしている。

ハンス・フーゴと、二人きりだ。

優司はそれを意識した瞬間、また鼓動が速くなるのを感じた。

と、ハンス・フーゴは突然、優司の隣にどっかりと腰を下ろした。

分厚い板でできているらしいベンチはびくりともしないが、優司のほうが驚いて一瞬飛び上がる。

「怯えているのか。危害は加えない」

ハンス・フーゴが、優司を見つめた。

その瞳の中にあるのは、やはり不審と、好奇心。

楓伍も好奇心は旺盛だった。それは研究にもいかんなく発揮されて、誰もが、楓伍はいずれヨーロッパ中世史の専門家になるのだろうと思っていたし、本人も少なくとも大学院に進んで研究を続けるつもりでいた。

なんとなくドイツ語を学んで、なんとなくいずれドイツ語を生かせる仕事をできればいい、と考えていた優司と違って、早くから具体的に自分の将来を見据えていた。

その「将来」は、とうとう来ることがなかったのだが……

楓伍そっくりのハンス・フーゴの顔に浮かんだ好奇心は、真っ直ぐに優司自身に向けられている。

いや、そっくりとは言っても、やはり少し違う。

ハンス・フーゴの頬には、よく見ると楓伍にはなかったかすかな古い傷跡のようなものが走っていて、それが彼の顔を、楓伍よりも野性的で猛々(たけだけ)しく見せている。

一番似ているのは声だ。

もちろん、話している言葉が違うのだから、口調も違うように感じる。

ハンス・フーゴの口調は立場に似合った尊大なものだ。

しかし、声音そのものはそっくりだ。

骨格が似ていると声が似る、と聞いたことがある。

「観察はもういいか」

笑いを含んだ声でハンス・フーゴが言ったので、優司は、自分がまじまじと彼の顔を見つめていたことに気付いてはっとした。

「失礼、しました」

「いや、そのぶんこちらも、お前を観察できた」

にやりとハンス・フーゴは笑った。

「どこから来たにせよ、お前は俺がこれまで聞いたこともない場所から来たのは確かなようだ。お前は、何度かこちらに来たと言ったが、それは来たくて来たのか？　ここが気に入ったということか？」

優司はどう答えようかと少し迷った。

「来たくて……そうですね、美しい景色だと思って」

「ほう」

ハンス・フーゴは瞬きをした。

「では、景色を見に来たのか」

「最初は……そうです。それから、この前、あなたが兵を率いて馬で通るのを見かけて、その……人がいるんだ、とびっくりして」

楓伍に似ているあなたにまた会ってみたくて、という言葉は飲み込んだ。

「よくわからんな」

ハンス・フーゴは腕組みをした。

「お前が魔術師でないとしたら、お前自身が、お前の世界の魔術に操られているということか」

魔術師というものはいないが、それでも、この世界と繫がってしまっているあのアパートに翻弄(ほんろう)されている、というのは事実かもしれない。

「まあいい。お前がここに来たのには、お前自身にもわからない意味があるのかもしれない」

ハンス・フーゴのその言葉に、優司ははっとした。

優司自身にもわからない意味。

そうなのだろうか……何か意味や理由があって、自分はここに来たのだろうか。

楓伍と似た人がいる、この世界に。

そして優司は、ハンス・フーゴが、「別な世界から来た」という優司の言葉をあっさり受け入れていることにも驚いた。

これが逆だったら……たとえばアパートの廊下に突然、鎧姿の、中世ドイツ語を話す男が現れたら、優司はパニックになり、それから疑うだろう。

あっさり相手の言うことを受け入れられるのは、この世界では説明のつかない、不思議な出来事がよくあるのか、それとも彼の考え方が柔軟だからなのだろうか。

「お前の世界はどんなところだ」

ハンス・フーゴは尋ねた。

「治めている王の名は？　それはよい王か？　お前は騎士ではなさそうだが、どういうなりわいの家に生まれた男なのだ？」

「ええと……」

優司は、どこから説明しようかと迷った。

「その、王は、いないんです」

「なんだと」

ハンス・フーゴは眉を寄せる。

「王がいない……それでは治めるものがいないのか」

「いえ、国がたくさんあって、王さまがいる国もあるんですけど、僕の国では、みんなで投票して……ええと、みんなで『この人がいい』と決めて、その人に国の舵取りをしてもらいます」

正確に言えば日本はたとえばアメリカのようにリーダーを直接選ぶ制度ではないのだが、とりあえずは一番わかりやすい説明を、と思う。

「なんだと。皆で決める……では、王の家系でない、養子にもなっていないものが王になるのか」

「王とは呼ばないんですけど……まあ、そうです」

「それで、お前の家系は？　お前の家系からも王は出たことがあるのか？」

「いえ」

優司は首を振った。

「僕の家は、普通の……ええと、なんというかごくごく平均的な庶民で」

「家のなりわいはなんだ」

「なりわいというか……親は、カイシャイン……ええと、その」

優司は言葉に詰まった。

会社員に相当する単語を思いつかない。

言葉はなんとか通じても、概念が説明できないのだ。

ハンス・フーゴはじっと、優司の言葉の続きを待っている。

「……すみません、説明が難しいです、いろいろ違いすぎて」

優司はうなだれた。

「そのようだな」

ハンス・フーゴがちょっと笑った。

「もっとゆっくり、基本的なことから話を聞く必要がありそうだ。まあ、時間はたっぷりある」

優司ははっとした。

同じ言い回しを、楓伍の口から聞いたことを思い出したのだ。

二人の気持ちがはじめて通じた夜。

楓伍から「ずっと好きだった」と言われ、「僕も」と答えたあの夜。

「本当に？　いつから？　俺の気持ちには気付いていたのか？」

楓伍の問いに、どこからどう答えようかと言葉を探している優司に、楓伍が……今のハンス・フーゴのようにちょっと笑って、言ったのだ。

「悪い、焦った。ゆっくり聞くよ、これから……時間はたっぷりあるんだから」

そうだ……あのときには、時間はたっぷりあると、二人とも思っていたのだ。

これから先、長い年月が自分たちの前にあるのだと。

実際には、そうではなかった。

二人が付き合った期間は、ほんの一ヶ月ほどだったのだ。

自分は楓伍にちゃんと、自分の想いを全部伝えられていただろうか。

高校のころから、楓伍の一挙手一投足が好きだったと、言ったことがあっただろうか。

今日の前にいるのが本物の楓伍なら、全部言ってしまえるのに。

「……お前は」

ハンス・フーゴが眉を寄せた。

「おかしな目で俺を見るな」

「あ」

優司は慌てた。

会話の途中なのに、無言で、まじまじとハンス・フーゴを見つめてしまっていたのだ。

これはこの世界では失礼とか無礼とかに当たるのだろうか。

優司の世界でだって、失礼なことだ。

「失礼なことでしたら……すみません」

優司が顔を伏せると、ハンス・フーゴの指が優司の顎をつまんで、上向かせた。

「別に失礼ではない」

そう言って、彼のほうが優司の顔をまじまじと見つめる。

「ただ、おかしな目で見ると言っただけだ。熱っぽくて、そうだな……まるで、恋する女のような」

そう言ってから、面白そうに目を細める。

「そういうことか？　お前は、何者かが俺を誘惑するために送り込んだ男娼か？」

男娼、という単語を自分は正確に理解しているのだろうか、と優司の思考が止まった瞬間

——

ハンス・フーゴは顔を近寄せると、いきなり深々と唇を重ねてきた。

「……っ」

驚いて逃れようとしたが、ハンス・フーゴの腕ががっしりと優司を抱き寄せ、身じろぎもできない。

強く唇が押しつけられ、そして彼の舌先が強引に優司の唇を割って、中に押し入ってくる。

もちろん、本気でいやだと思えば相手の舌を噛むなりなんなり抵抗の方法はあるはずなのだが……

優司は、抵抗できなかった。

舌先が優司の歯列をなぞり、わずかな隙間をこじ開けるようにして中へと入り、舌を絡(から)め、そして、強く吸う。

これまで、キスをしたのは楓伍一人だ。楓伍以外の誰ともしたことがない。

だから比較対象も何もないのだが……それでも、ハンス・フーゴのキスは、楓伍のものとはまるで違う。

強引で、乱暴で、勝手で。

それなのに……何かが、楓伍を思わせる。

ただキスだけをするときには、楓伍のそれは、優しく温かかった。

だが、行為の最中には激しく唇を貪(むさぼ)るときもあって、優司はそれを、身体の中に埋め込まれた楓伍の熱とともに記憶していた。

あのキスに――似ている。

「……っ……んっ……っ」

重なる唇の隙間から、甘い声が漏れて優司はぎょっとした。

同時に、腰の奥に紛れもない熱が溜まりだしているのもわかる。

だめだ、こんな……流されるみたいに。

押しやられそうになっていた理性をかき集め、ハンス・フーゴの舌が一瞬退いた瞬間に、優司は思いきり首を横に振った。

ハンス・フーゴの頰を擦るようにしながら、唇がなんとか脇に逸れる。

「もったいぶるな」

ハンス・フーゴが低く笑い、再び唇を重ねてこようとしたので、優司は思いきり彼の胸を両手で押した。

突き飛ばす……ほどの強さではなかったと思うのだが、その瞬間にハンス・フーゴが優司を抱き締める腕の力を抜いたのがわかり――

優司の身体は、座っていたベンチの上に背中から倒れた。

しまった、と思ったときには背中に強い衝撃を感じていて……

そして、優司はアパートの廊下にいた。

「……はっ……っ」

息が上がっている。

夜中の、裸電球だけがともった薄暗いアパートの廊下で、優司は呆然と座り込み、そして頬に手を当てた。

熱い。

ハンス・フーゴの唇の感触が、まだ優司の唇に残っている。

あんなに……楓伍に似ていた。

でも、楓伍ではなかった。

ふう、とため息をつき、優司は立ち上がった。

一応、目の前の扉のノブを引いてみる。

やはりきしむ感じで開きにくいが、なんとか開けると、そこは畳の部屋だ。

今ごろハンス・フーゴは、優司が……「ユルゲン」がまたしても突然消えた、と驚いていることだろう。

そして優司は、自分の腕に布が巻かれていることに気付いた。

犬に噛まれた、というか……犬の牙がかすった傷を、彼が手当てしてくれた布だ。

布を解いてみると、血が固まった、真新しい傷がある。

やはり、あれは現実なのだ。

苔や土を持ち帰ったときにはまだ半信半疑だったが、傷は現実だし、彼の腕や唇の感触も、まぎれもなく現実に存在するものだ。

ただ、その現実が、どこに存在する現実なのか。

タイムスリップでもしたのだろうか。

SF小説は多少読むし映画も見るから、タイムスリップの様々なバリエーションはなんとなく知っている。

このアパートが、特定の時代の特定のどこかと結びついているのだろうか。

ハンス・フーゴからしたら、自分は「未来の人間」ということにでもなるのだろうか。

そうだとして……どうしてよりによって、楓伍とあんなに似た男がいる場所と結びついているのだろう。

怖い、と優司はふいに思った。

つい昨日まで、優司はなんとかしてもう一度あの世界に行きたい、楓伍に似た男にもう一度会いたい、と思っていた。

だが……会って……強引に重ねられた唇を思い出すと、怖い、と思う。

あのキスで、自分の身体の奥底にともった熱が、怖い。

楓伍と身体を重ねたのは数えるほどだが、それでも優司の身体は愛し合う悦(よろこ)びをちゃんと知った。

自分の中に欲望があることも。

それは相手が楓伍だから、だったはずだ。

自分が好きなのは楓伍であって、楓伍に似ている男なら誰でもいい、というわけではないはずだ。

それなのに……あの男の唇の感触がまだ残っていて、身体の芯が熱い。

これは、本物の楓伍への裏切りだ。

もう一度……生きて動いている楓伍を見たかった、ということならよく似た男であるハンス・フーゴを見ることで叶(かな)った。

だったらもう、あちらには行かないほうがいいのではないだろうか。

そもそも、仕組みもわかっていないのに、うかつに扉を開け続けた自分がどうかしていたのだ。

このアパートに移り住んだのも、楓伍を失った痛手や、そのあとの病気などから立ち直り、きちんと地に足をつけて、堅実に、普通に、生きていくためだったはずだ。

それなのに自分はまだ、楓伍を夢見ている。

だめだ。

もう、あちらに行ってはだめだ。

優司はそう思い、階段を駆け下りた。

机の上にあった卒業アルバムを掴み、それを抱えたままベッドに入って頭から布団を被る。

楓伍。

このアルバムの中にいるのは、「本物の」楓伍だ。

優司にキスをし、抱き締めていいのは、楓伍だけだ。

楓伍に似た男ではない。

そう、まるで自分に言い聞かせるように思いながらも、優司は唇に、そして腰の奥に、まだ熱が残っているように感じ……それが自分の浅ましさなのか未練がましさなのかもわからずにただただ混乱するばかりだ。

だがそれでも、アルバムを抱き締めながら楓伍のことを想い、楓伍が向けてくれた優しい笑みや、優司が落ち込んでいるときにかけてくれた「自分を信じろ」という言葉や、高校の生徒会選挙でライバル陣営から受けた中傷に堂々と立ち向かった姿やらを頭に浮かぶままに思い返していると、次第に気持ちが落ち着いてくる。

そう、あれが、自分が好きだった本物の楓伍だ。

そのまま優司はなんとか浅い眠りに落ちたが……

夢で見たのは、鎖帷子を着て剣を手にした、顔にはまだ少年の面影を残した楓伍が、生徒会選挙の演説をしているというわけのわからないものだった。

「これは、蝶番を取り替えたほうがよさそうだね」

人のよさそうな大工の老人が、きしむ三号室の扉を何度か開け閉めして言った。

あれからすべての扉を点検したところ、二階だけではなく一階の扉の立て付けなどあちこちに不具合が生じているようで、この建物の持ち主に連絡したら、近所に住むこの大工を紹介してくれたのだ。

「この建物は古いからね」

大工は苦笑した。

「それに、ここは地盤が少し弱いんだろうな、地震のたびに少しずつ歪んでいたのが、この間の地震でがくんといったんだろう」

「でも、そんなに大きい地震ではなかったですよね、震度三くらいで」

優司が言うと、大工は頷いた。

「そうだね、でもそれまでの間に少しずつ歪んだものは、小さなものでも最後の一押しになるんだよ。どれ、まずこの扉をやっつけてしまおう」

優司は、大工が作業している間、なんだか落ち着かない気持ちでずっと傍で見ていた。

大工が部屋に入って扉を閉めたら、何か起きはしないかと不安だったのだ。

しかし……優司が一緒に部屋に入って扉を閉め、振り向いても、何も起きなかった。

大工が一人で内側から無造作に扉を閉めたときにはぎくりとしたが、すぐにもう一度扉は開き、大工は平然と開け閉めしている。

あれは……あの現象は、優司が一人で開け閉めしたときにしか起きないのだろうか。

だが家主である親戚は、この建物では時折ものがなくなったり、行方不明者も出たことがあると言っていた。

それが、あの別世界と関係しているとするなら、何かまだわからない条件のようなものがあるのだろうか。

そんなことを思いながら作業を見ていると、大工は扉の蝶番のねじをドライバーではずし、ひょいと扉を持ち上げ、あっけなく外してしまった。

ぎゅ、と優司の胸のあたりが苦しくなった。

蝶番を替えたら……扉はどこにも通じなくなったりはしないだろうか。

いや、あちらには行かないほうがいい、と思っているのだから……それならそのほうがいいようにも思うのだが……

優司は、自分の気持ちが定まらないのを感じている。

大工は蝶番を付け替え、それから扉の枠を点検して一カ所に小さな薄い板を張り付け、そしてもう一度扉を取り付けた。

「ほら、大分違うだろう」

そう言って開け閉めする扉は、確かに動きがスムーズだ。

「他の部屋は辷りをよくするスプレーを吹いといたから、当分それで大丈夫だと思うよ」

「はい、ありがとうございました」

優司が頭を下げると、大工は人のよさげな笑顔になった。

「いやあ、ここに若い人が一人住まいをするっていうんで、近所じゃよほど変わった人じゃないかって心配してたけど、実際には感じのいい学者さんだったって話を聞いててね。こうやって会ってみてなるほどと思ったよ。ここは気に入ったかい？」

学者……いつの間にかそういう話になっていたのか、と優司は思った。

病み上がりで、ほそぼそとドイツ語の翻訳をやっているだけの人間なのだが、それでも好意的に見てもらえているならありがたい。

「そうですね、いいところです……来てよかったです」

優司が答えると、大工は嬉しそうに頷いた。

「近所付き合いがわずらわしいほどの田舎でもないし、都心に出るのにもそんなに不便じゃないしね。まあ、当分住むつもりなら、また何か不具合があったらいつでも連絡して。ただ、この先そんなに長く住める家ではないと思うから、建て替えるんでもない限り、やっても応急処置になるとは思うけどね」

そう言って大工が帰っていくと、優司は、その最後の言葉を嚙みしめた。

そんなに長く住める家ではない。

建物には寿命がある。

もしこの家が取り壊されたら……あちらの世界にはもう行けなくなるのだろうか。

新しい建物にその機能が受け継がれるのかどうか、わからない。

そうだとしたら……行けるうちに行っておくべきなのだろうか。

だが、何をしに？

楓伍に似た、あのハンス・フーゴに会いに？

なんのために？

また……あんなことをされたら？

唇に蘇りかけたハンス・フーゴのキスの感触を、優司は慌てて振り払った。

だめだ。

もうあちらへは行かないと決めたはずなのに、どうしてこんなことを考えてしまうのだろう。

それでも……あちらの世界は魅力的だったし、ハンス・フーゴという男についてもっと知りたい、という気持ちは間違いなく自分の中に存在する。

彼のことをもっとちゃんと知れば、やはり楓伍とは別人なのだと納得がいって、気持ちの整理がつくかもしれない。

そう思いつつ……それが自分に対する言い訳のようにも感じる。

確かに自分は、あの男にもう一度会いたいのだ。

もっとも、会いたいからと言って気軽に会える相手でもないのだが。

優司はそれでも、あの扉の蝶番を付け替えてしまった三号室の扉を、一度だけ開けて部屋の中に入ってみた。

後ろ向きに閉めて、振り向く。

もし……またハンス・フーゴがいる場所だったら。

または、何ごとも起きず、畳敷きの部屋があるだけだったら。

心臓がばくばくしたが、そこにあったのは森の風景だった。

慌てて傍らの木に背中から勢いよく寄りかかり、廊下に戻る。

まだ、機能している。

蝶番を替えたくらいでは、扉の機能は失われていない。

なんとなく、ほっとしたような気持ちだ。

それだけ確かめて、優司は階下に駆け戻り……

その日、翻訳を手伝っている恩師から急ぎの新たな依頼が入ったこともあり、優司はそのあと半月ほど、二階に上がりもしなかった。

それからしばらくの間、小さな地震が続いた。

それでも、大工の応急処置がよかったのか特に家の中に不具合もなく、優司は仕事に没頭した。

しかし、仕事上の必要が生じて何か調べていると、どうしても、あの「別世界」を連想させるものに近づいてしまう。

中世語の単語。

ドイツ語圏の地理。

そんなとき、あの「別世界」のことを思い出しながら時折調べ物は脱線する。

次第に優司は、あの「別世界」に違和感を覚えだしていた。

タイムスリップか何かをしたのだとすると……あの世界は、過去のドイツ語圏のどこか、ということになる。

ツェードリッツとかラスベックという地名や家名は確かに現実にも存在するが、至近にあって領主同士が戦っている、というようなシチュエーションには考えにくい。

そして「魔術師」という言葉。

あの時代は、ちょっと薬草に詳しいとか、それくらいのことで「魔女」と言われて迫害され、火あぶりになった。

ましてや「魔法」など使ったら、恐怖と憎しみの対象にしかならないだろう。

もちろん、本当に魔法を使う人間などいないし、仮にいたとしても騎士階級が「魔術師」を使う、などということも考えられない。

そういう時代に優司を魔術師だと疑ったのなら、あんなに甘い対応では済まなかったはずだ。

それとも、中世の普通の価値観から遮断された、特殊な地域があったのか。

または、タイムスリップではなく、いわゆる、パラレルワールドのようなものなのだろうか。

川沿いに出たときに遠くに見えた山々のかたちは、どこか現実にある山だろうか、と山岳写真集を買ってみたり、森の針葉樹の種類を特定して分布を調べてみたり、「調べ物」がおかしな方向に転がって行きかけては、「何をしているんだ」と我に返る。

そして結局、あの世界に繋がりそうなヒントは何も得られない。

次第に優司は、やはりあれは自分の作り出した幻だったのかも、という気がしてきた。

毎日仕事をし、散歩や買い物に出かけて外の空気を吸い、きちんと食事を作って食べていると、自分のいる現実がやはりただひとつの現実だという気がしてくる。

そして……楓伍はもういない。

卒業アルバムと、優司の記憶の中だけにいる。

その現実と向き合って生きていかなくては、楓伍に笑われる。

やっと、そう思えるようになってきたある夜……

夢を見た。

それは、石造りの建物の中だった。

夢の中でも「あの世界の、ツェードリッツ城という城の中だ」と思った。

広間のような部屋で、奥側が一段高くなり、大きなタペストリーの前に背もたれの高い椅子が置かれていて、そこから一人の男が立ち上がった。

広間に入っていった優司を、大きく両手を広げて迎える。

「ユウ、会いたかった……！」

楓伍の声で、楓伍の呼び方で。

顔は、恋人同士だったころの楓伍の顔だ。

優司の胸は、喜びでいっぱいになった。

会いたかった。

自分だって、会いたかった……！

彼に駆け寄り、広げた腕の中に飛び込む。

その瞬間、違和感を覚えた。

身体が……楓伍の身体とは違う。

背の高さ、腕の長さなどは似ているのに、楓伍よりもがっしりとした、一回り大きな身体だし、それに硬い、と感じるのは……

鎧をつけているからだ、と気付いた。逞しい騎士の身体。

鎖帷子の上に鉄板の鎧をつけた、逞しい騎士の身体。

「楓伍？　楓伍なの？　それとも……ハンス・フーゴ……？」

不安に襲われて優司が尋ねると、男の顔が曇った。

「わからないのか」

顔は間違いなく楓伍だ。

ハンス・フーゴの顔にあった古い傷跡のようなものはない。

男は優司を抱き留めていた腕を緩め、身体を離して数歩下がる。

「俺は、お前を必要としている男だ。どうしてそれがわからないのか。どうしてもう一度、俺に会いに来てくれないのか」

どこか、悲しげな声音。

さっと風が吹いて、タペストリーが捲れ上がると、男の身体を包んだ。

「待って、待って……楓伍！」

優司は叫んで駆け寄ろうとしたが、突然目の前に扉が出現した。

アパートの扉だ。

ノブに手をかけ、思い切り引っ張り、後ろを向いて閉め、急いで向き直る。

しかしそこにあったのは、畳敷きの部屋で……

「楓伍！　楓伍！」
呼び続けている声が妙に大きく耳に響き――
ふいに息が苦しくなって、優司は畳の上に膝をついた。
心臓が必死に動いているのにちゃんと機能していないような息苦しさ。
息をしているのに、酸素が身体の中に入っていかないような。
怖い。
このまま……息ができなくなってしまったら。
「ふ、ごっ……っ」
声にならない声が、喉の奥から洩れ――
優司は、目を開けた。
……自分の、ベッドの上だ。
鼓動が速いのを感じ、ゆっくりと起き上がると、拳を胸に当てる。
全身にびっしょりと汗をかいている。
息が苦しい……脈も速い。
どっどっどっと、不規則に脈打っているのがわかる。
身体に過度な負担をかけないようにと医者に言われていることを思い出す。

普段の生活の中では、走らないことや坂道は休みながら登ることを心がけている程度で、それほど意識はしていないのだが……呼吸器の機能が全体的に弱く、あまり無理のできない身体だ。

ゆっくりと息を吸ったり吐いたりして心臓を落ち着かせながら、優司は、今見ていた夢のことを思った。

あれは……ハンス・フーゴだったのか、楓伍だったのか。

彼は言った。

どうしてもう一度、俺に会いに来てくれないのか、と。

優司だって……会いたい。

会って、彼が本当は何者なのかを確かめたい。

ただ、勇気が出ない。

でも……と、優司は思った。

もし今日か明日にでも、命を失うようなことになったら？

身体のほうは病名がつくほど深刻な状態ではなく、日常生活は普通に送れるけれど、それでもいつ何があるかわからない。

たとえば、交通事故に遭ったら。

何かあって入院というようなことになってこのアパートを離れたら。

その間に持ち主の親戚が、ここを建て替えたり手放したりする気になったりしたら。

もう二度と、あちらには行けない。

そう思うと、背中をぞわりと、恐怖と絶望が駆け抜けた。

——行こう、と優司は思った。

あちらの世界がいったいなんなのか、未だによくわからない。

それでも、いつでも永遠に行けるわけではない、という気がする。

だったらチャンスがあるうちに、後悔のないように。

ちょうど、仕事は一旦区切りがつきそうな頃合いでもある。

優司はもう一度横になり、あれこれ考え始めた。

さて、いざ決心してあちらに行こうと思っても、扉は気まぐれだ。

どう試しても、人の気配のあるところに出ない。

一つの扉につき十回以上チャレンジしているうちに優司は我慢ができなくなって、とうとう考えを変えることにした。

扉の気まぐれ任せではなく、自分から行動するのだ。

待ちの姿勢ではなく、攻めるのだ。

川沿いに出たとき、最初は人の気配はなかった。だがあるとき、騎馬の一隊がやってきて、はじめて人間を見たのだ。

ということは、少なくとも川沿いに出ればそれは人がいる世界ということだ。

だとしたら、たとえば森の中に出たとしても、森を出て歩いて行けば誰かに出会うのではないだろうか。

少なくとも、今は言葉が通じるのだし、目的地はツェードリッツ城とはっきりしているのだから、闇雲（やみくも）に扉を開け続けるよりは確実だ。

しかし実のところ、一抹（いちまつ）の不安はある。

あちらの世界とこちらの世界は、同じように時間が流れているのだろうか？

経過時間が同じなのは何度か確かめている。

あちらに五分いて、こちらに戻ってくるとやはり五分が経過している。

だが、タイムスリップのようなものだとしたら、いつも同じ時点に出ているとは限らないのでは……？

そう思いついてしまった途端に、優司は不安になってしまったのだ。

次にあちらに行ったら、あちらでは一年とか、十年とか、百年とか経ってしまっているかもしれない。

いや、もしかしたら五十年前、ということもあり得る。

そうしたら、ハンス・フーゴはまだ生まれてもいないかもしれない。

そもそも扉の法則が全くわからないのだから、それもあり得ないことではない。

あれこれ考え出したら心配なことが無限に広がりだし……優司は、考えるのをやめた。

とにかく、行ってみなくてはわからない。

行ってみて時間がずれていたら、やり直すだけのことだ。

優司はまず仕事に区切りをつけると、準備に取りかかった。

歩きやすいアウトドア用の服と靴。

もう、パジャマであちらの世界に出るのはごめんだ。

それから、ハンス・フーゴに会ったときにあれもわからない、これもわからないと言うのではなく、自分がどこから来たのかを説明できる何か。

とりあえず、世界地図。

それから、以前楓伍に貰った古地図。

現代日本のことがわかる資料……と考え、写真が豊富なガイドブックを数冊。

森や山に出たときに、多少の危険は回避できるようにと思い、キャンプ用品の初心者用一式のようなものも通販で手に入れる。

楓伍は、トレッキングが趣味だった。

身体が弱い優司はその趣味を共有することはなかったが、楓伍から山の話を聞いたり、写真を見せてもらったりするのは好きだった。

　楓伍が出かけている間に、優司は優司で登山家の手記や探検記などを読みながらあれこれ想像するのも楽しかった。

　二人の間に、実は時間がないことなど知りもしなかったので、そうやって互いの趣味を尊重し合える関係もいい、と思っていたのだ。

　そういう、楓伍から聞いた話を思い出しながら登山用品やキャンプ用品などを調べている自分が不思議だとも思う。

　もちろん優司にはなんの経験もないのだから、無理をするつもりはない。

　あちらで、一人で夜を過ごすようなことはしない。

　暗くなっても誰にも出会えなかったら、こちらに戻ってくる。

　狼に襲われるなど、本当に危険が迫ったら背中から倒れ込めばいい。

　そう思うとかなり気が楽だ。

　準備が整うと、優司は「今日だ」と決め、支度をして二階に上がった。

　自分が住んでいる家の二階に、アウトドアジャケットを着てトレッキングシューズを履き、リュックを背負って上がるのもシュールだとは思うが、この異常な状況そのものにも慣れてきた気がする。

　廊下で優司は、ずらりと並ぶ扉を眺めてどれにしようかと考え……そしてとうとう、直感で四号室の扉のノブに手をかけた。

中に入り、扉を閉め、振り向く。

そこは——

森の縁だった。

背後は針葉樹の森、目の前は草原。

身体がぐらりとしかけて、足元が崖だと気付く。

崖ぎりぎりのところに出ていたのだ。

背中にリュックを背負っていたので普段とバランスが違い、前にのめらずにすんだような
もので、優司の背中を冷や汗が伝った。

背中から落ちればいいが、頭から落ちたら……たぶん、命はない。

犬に嚙まれて現実に怪我をしたということは、この世界でも実際身体は傷つくのだから。

数歩下がって、優司は草原を見渡した。

日は高く、気持ちのいい風が吹き渡っている。

人の気配はない。

遥か遠くに、何か光っているもの……あれは、川だという気がする。

何度か出た川辺かどうかわからないが、とりあえずあそこを目指そう。

優司は、崖を降りられそうな場所を探して歩き始めた。

やがて、急坂の獣道のようなものを発見し、慎重に降りる。

楓伍が山歩きについて話していたことを思い出しながら、靴を何日か履き慣らしておいてよかった、と思う。

下に着くと、そこは優司の身長より少し低いくらいの、背の高い草が生い茂る草原だった。

両手で草をかき分けながら、川が見えた方角に向かう。

足元から小さな虫がぴょんと跳ねた。

「ごめんね、邪魔して」

そう言いながら前に進んでいくと、やがて草の種類が変わって丈が低くなってくる。

気持ちいい、と優司は思った。

最初にこの世界に来てから、現実世界で二ヶ月ほど経っているだろうか。

こちらでも時間はだいたい同じように流れているらしく、以前に来たときには春から初夏にかけてで、今は初夏から夏に向かうところ、という気がする。

鳥の声が聞こえ、風は乾いていて爽やかだ。

崖の上からは平らに見えた草原は、実際に歩いてみると意外に起伏があり、優司は慎重に足元を見定めながら歩いた。

途中、少し小高い丘になっているところがあって、その上は短い草が多いようだったので、休憩にちょうどよさそうだと思い、登っていく。

登りながら優司は、不思議なことに気付いた。

あまり……息切れしない。

普段ならこれくらいの坂を登っていると動悸がしてきて、途中で休みたくなるのだが、今は不思議となんともない。

空気がいいからだろうか。

草をかき分けながら、普段の散歩よりもかなり長い距離を歩いたように思うのに、足もそれほど疲れていない。

ほどなく丘の上にたどり着くと、優司は深呼吸した。

身体の隅々まで酸素と元気が行き渡るような感じで、この世界の空気は身体にいいような気がする。

ここで一休みしようと思い、優司はふと思いついて、自分のスマホを取り出した。

普段は家にいて仕事のやりとりなどはパソコンを使っているので、宝の持ち腐れのように感じていたのだが、一応持ってきたのだ。

予想していたことだが……電波は入らない。

一応、コンパスなどのアプリは入れてみたのだが、それによると自分は今北に向かっているようだ。

とはいえ、自分の目的地の位置がわかるわけではないのだから、方角に意味はない。

スマホの表示によれば、時間は昼前。

頭上の太陽の位置と齟齬はなく、優司の体内時計的にもそんな感じなので、とりあえず昼食だ。

水の入ったペットボトルを二本と、エネルギーバーのような簡易食を少しリュックに入れてきたので、それで昼食にする。

さて、次の食事までにどこかで誰かに出会えるだろうか。

夕方までに誰かに会えなければ、一度もとの世界に戻るしかない。

一休みすると、なんだか身体に力がみなぎってきたように感じ、優司は立ち上がった。

川の方角を確認し、丘を降り始める。

そうやって、さらに二時間ほど歩いただろうか、いつしか足元は少しぬかるみはじめた。

川が近いに違いない。

いきなり川に入り込むようなことがないように注意しながら歩いていると、ふいに、草を踏み分けたようなあとに行き当たった。

明らかに誰かが……何かが、歩いていったあと。

小さな生き物とか、人一人という感じではない。最初にハンス・フーゴを見たときのような、騎馬の一隊ではないだろうか。

優司は、にわかに気持ちが浮き立ってくるのを感じた。

そうだ……やはり自分は、ハンス・フーゴに会いたいのだ。

会うのが怖いような気がしていたが、それでもやっぱり、不思議と楓伍に似たあの男に、会いたいと思っているのだ。

優司が来た方向と、草の踏み分けあとは斜めに交わっていたので、少し迷ってから川に近づいていく方に進むことにして、またしばらく優司は歩いた。

と、前方から何か聞こえたような気がした。

はっとして目をこらすと、草が揺れ、複数の力強い足音が近づいてくるのがわかる。

来た！

優司は、どきどきしてくるのを感じながら、その場に立って騎馬の一隊を待ち受けた。

十頭ほどの兵に見える。

先頭にいたのは……ハンス・フーゴではない男だった。

やはり鎖帷子の上に長い、黄色みがかったチュニックのようなものを着て、フードは後ろに倒し、顔がよく見える。

年は三十くらいだろうか、おかっぱに近い茶色い髪をした、目つきの鋭い、いかつい感じの男。

優司と目が合った瞬間、ぎょっとしたように馬を止めた。

後ろに従っていた兵たちも、慌てて馬を止める。

この中に誰か、自分を見覚えている兵士がいてくれればいいのだが……と思いながら、優司は相手の出方を待った。

先頭にいた茶色い髪の男が、優司をじろじろと眺め、それからゆっくりと、背後にいた兵士に向かって言った。

「あれは、なんだ」

「は」

兵士も戸惑ったように優司を見ている。

「おかしな風体の男ですな……騎士にも、農民にも見えません」

「おい、お前、何者だ」

茶色い髪の男が、思い切ったように優司に向かって直接尋ねる。

その手が剣の柄(つか)にかかっているのを見て、優司は焦った。

「怪しいものでは……」

いや、じゅうぶん怪しいだろうが、と自分で突っ込みながら急いで言葉を続ける。

「ツェードリッツ伯爵のところに行きたいのです、ツェードリッツ伯爵が私をご存じです」

誰かに会ったらこう言おう、と思っていた言葉だ。

そうすればとりあえず、ハンス・フーゴのところに連れて行ってもらえるのではないか、と思ったのだ。

しかし、茶色い髪の男は眉を寄せた。

「ツェードリッツだと？」

そう呟くと、背後の兵たちに向かって言った。

「あのものを捕らえよ！」

しまった、と優司が思ったときには……兵たちを乗せた馬が数頭、さっと前に出て優司を取り囲んだ。

逃げ場を失った優司の腕を二人の兵士が左右から摑み、あっという間に優司は後ろ手に縛り上げられ、一頭の馬の背にくくりつけられていた。


ほどなく行く手に見えてきたのは、石造りの、細長い塔のような建物だった。

城……という感じではない。

馬から下ろされ、中に連れ込まれ、どさりと投げ出されたのは冷たい石の床だった。

リュックを背負ったまま縛られているのでバランスを崩し、優司は這いつくばるように倒れ込んだ。

なんとか顔を上げると、そこはかなり広い、しかし家具も何もない殺風景な空間だった。

天井は高いのだが、遥か上のほうに小さな窓があるだけなので、室内は薄暗い。

「それで？」

優司の前に仁王立ちになった、あの茶色い髪の男が、尊大に優司を見下ろす。

「お前はツェードリッツのなんなのだ？　あの、黒獅子伯爵などと呼ばれていい気になっている男と、髪や目の色が似ているようだが、血縁なのか」

ここに連れてこられるまでの間、あれこれ考えていた優司は、慎重に口を開いた。

「その前に……あなたがどなたなのか、教えていただけませんか」

「はあ？」

男は不機嫌そうに眉を寄せた。

傍らから、髭を生やした大柄な男が、呆れたように口を挟んだ。

「ラスベックの殿を知らぬのか」

ラスベック。

それは確か、ツェードリッツ伯……ハンス・フーゴと敵対しているらしい相手の名だ。

よりによって、彼の敵の手に落ちてしまったのだ……！

当然、そんな可能性もあったはずなのに、どうして想定しなかったのだろう。

たぶん……無意識に、ツェードリッツもラスベックもそれぞれの「領土」があって、近い場所で遭遇することなどないと思っていたからかもしれない。

だから、あの川沿いにいるのは当然ツェードリッツ領の人だと。

いや、そもそも……何度か見た川沿いの景色は、いつも同じ場所だったのだろうか。そこから疑うべきだったのだろうか。

「あの」

優司は、なんとか無理な体勢ながらも居住まいを正した。

「ラスベックの殿とは存じ上げませんでした、申し訳ありません。私はただ……旅をしていて、ツェードリッツ城に立ち寄りたかっただけで……こちらの殿に敵意はございません」

「口では何とでも言える」

茶色い髪の男……ラスベックはばかにしたように鼻を鳴らした。

「そもそもお前のその風体、怪しすぎる。背中の塊はなんだ。おい、調べてみろ」

指示された兵が、優司が背負っているリュックに手をかけた。

しかしリュックは、ただ肩に背負っているだけではなくて胸と腹にベルトを回して閉めてあるし、ポケットはすべて蓋付きで、ファスナーやプラスチックのバックルで留めてある。

だいたい、後ろ手に縛られているのだから、リュックを下ろせるわけがない。

兵は戸惑いながらあちこち引っ張ったり揺すったりしていたが、やがてリュックと背中が接する部分のポケットに差し込んであるものを見つけたらしく、手を突っ込んで引っ張り出した。

それは、楓伍から貰った古地図だった。

「おかしなものを持っている」

兵が、それをラスベックの前に広げてみせる。

「地図のようだが見たこともないものだ……なんだこの、おかしな文字は」

ラスベックは、触れるのを嫌がるように、首だけ少し突き出して地図を眺めた。

地図には、楓伍が日本語でメモや説明を書き入れてある。

それを「おかしな文字」と言っているのだろう。

「呪文かもしれませんな」

「ではこやつ、やはりツェードリッツが雇った魔術師か何かか」

兵たちが色めき立った。

優司は優司で、やはりこの世界には、魔術師と呼ばれる存在がいるのかと思う。

しかし……

「何を企んでいるのか吐かせろ。拷問係を呼べ」

ラスベックがそう命じたのを聞いて、優司は「まずい」と思った。

どういう拷問だかわからないが、自分に耐えられるはずがない。

逃げなくては。

優司は、よろけたふりをして、背中から床に倒れ込んだ。

次に来る背中の痛みを覚悟して目を瞑ったのだが、着替えやタオルなどを詰め込んであったリュックがクッションになって衝撃は少なく……

そして目を開くと。

そこは……アパートの廊下、ではなかった。

石造りの建物の、暗い空間の中。

ラスベックの兵が優司を見下ろしている。

優司は蒼(あお)くなった。

背中から倒れたのに……戻っていない！

どうして。

いつでも戻りたいときに戻れると思っていたから、気軽に行き来していたのに。

今までと何が違うのだろう。

このままでは拷問されてしまう、と思ったとき。

「殿！」

一人の兵が駆け込んできた。

「五十人ほどの兵が見えます」

「来たか」

ラスベックがさっと表情を引き締める。

「やつはいるか」

「まだ遠いので、なんとも」

「よし、迎え撃つぞ」

ラスベックはきびすを返そうとして、ひっくり返った亀のように無様に仰向けで倒れている優司を見下ろした。

「とりあえず、他の捕虜とともに閉じ込めておけ」

「は」

屈強な二人の兵が優司を両側から抱え起こし、そのまま、両脇に手を差し込んで歩き始める。

優司は床に足が届かない宙づり状態で、なすがままになるしかない。

兵たちは部屋を出ると狭い階段を上った。

細長い塔のような建物の中をらせん状に上がっていく階段は、やがて鉄の扉に行き当たった。

角材のようなものが閂(かんぬき)として渡してあり、一人がそれをはずし、槍(やり)を構えながら扉を細く開くと、もう一人がそこから優司を押し込み、すぐに背後でまた扉を閉めた。

優司は、今度は膝をついて倒れ込んだ。

床は、やはり石だ。

そして顔を上げると……

そこには、三人の男たちがいて、驚いて優司を見つめていた。

三人ともがたいのいい、兵士らしく見える鎖帷子姿だが、武器は持っておらず、一人は顔を青黒く腫らし、一人は頭に巻いた布から血が滲んでいる。

この人たちはなんだろう……ラスベックの捕虜、ということはラスベックにとって敵側の……ハンス・フーゴの部下だろうか。

「……これは、なんだ」

目に見える怪我のない一人が、うさんくさそうに優司を見て言った。

「ラスベックめ、何を企んでいる」

「あの……」

優司が急いで説明しようと声を出すと、頭に布を巻いた男が目を見開いた。

「あの男だ！」

「え？」

残りの二人が、声を出した男を見る。

「知っているのか」

「ああ。城の庭に突然現れて消えた男のことは、知っているだろう。殿が、どこかで見かけたら手荒に扱わず、必ず城に連れてくるよう命じておられる、あの男だ」

「これが」

三人にまじまじと見つめられているのを感じながら、優司は少しほっとした。

やはりこの兵たちは、ハンス・フーゴの部下だ。

そして、前回自分が現れてからそれほど時間も経っていなさそうだ。

一人は、優司の顔を知っている。

そして、ハンス・フーゴは、優司を見つけたら連れてこい、と言っている……彼もまた、優司に会いたいと思ってくれているのだ。

「私は、ハンス……いえ、ツェードリッツの殿のところに行きたいのです」

優司は、後ろ手に縛られたままもぞもぞと座り直して三人を見た。

「道に迷って、ラスベックに捕らえられてしまいました」

「お前は、好きな場所に現れたり消えたりできるのではないのか」

優司を見知っている男が不審そうに尋ねる。

「ええと……いつもそううまくはいかないのです」

優司は答えた。

何しろさきほど、背中から床に倒れたのに、戻れなかったのだ。

「だいたい、現れたり消えたりできるというのはどういうことなのだ、お前は魔術師なのか」

そう尋かれても……そもそもこの世界の魔術師とはどんな人のことを言うのだろう。

本当に魔法を使える超能力者のようなものなのか、それともちょっと知識が豊富だったりする人のことを言うのか。

「それは……あの、まずは殿にお話しすべきことかと……」

おそるおそるそう言うと、兵たちは顔を見合わせる。

「それもそうか、まあとにかく殿がお捜しの男で、しかもラスベックに捕らわれているのだから、俺たちと同じ立場の捕虜ということだな」

そう言って頷き合い、それから一人がため息をついた。

「とにかく、なんとしてもここから逃げ出さねばならぬ。殿のことだからきっと我らを救いにおいでになるだろうが、無駄な戦をして殿を危険な目に遭わせたくない」

ハンス・フーゴは、部下に慕われているのだ、と優司は思った。

同時に、先ほどのラスベックと部下の会話を思い出し、はっとする。

「あの！　今、五十人ほどの兵がこちらに向かっているのを迎え撃つと、ラスベックが」

「なんだと！」

男たちは顔を見合わせた。

「殿だ」

「やはりおいでくだされた」

「くそ……なんとかここから脱出して合流したい……魔術師どの、何か策はないか」

顔を腫らした男が優司を見た。

魔術師どの、と呼ばれても困ってしまう。

「私のことは……ユルゲン、と」

ハンス・フーゴに告げた、ここの人たちに呼びやすそうな名前を告げると、顔を腫らした男が頷いた。

「ユルゲンどの。私はローア」

「シュロッター」

怪我のなさそうな男が言い、

「ブレドウ」

頭を怪我した男が最後に名乗る。

「それであの……ここは、どういう場所なんですか？」

優司は尋ねた。

そもそもサバイバルスキルも何もない自分が、逃げ出す方法を思いつけるかどうかわからないが、状況は知っておきたい。

「ラスベックとツェードリッツの領土の境界にある、ツェードリッツの見張り塔だ」

ローアが答えた。

「ラスベックが突然現れ、この塔を乗っ取ったのだ」

ブレドウが悔しそうに言った。

「我らはこの塔の見張り当番で来ていたのだが、なすすべなく捕虜になってしまった。一人が捕まる前に逃げ出したので、殿に知らせてくれたものとは思っていたのだ」

「それで、この部屋は塔のどのあたりにあるのですか？」

優司が尋ねると、ブレドウが窓を指さした。

「見てみよ」

優司は後ろ手に縛られたままなんとか立ち上がって、窓に寄った。

ガラスもなければ格子もなく、人一人が通れるくらいの四角く開いた穴でしかない窓の下には、なんの手がかりもない石の壁が遠くの地面まで続いている。

かなり高い。優司の感覚だと、ビルの五階くらい、という気がする。

眼下には、先ほど優司が歩いてきたような草原が広がっていた。

塔の周囲だけは草が刈られて土が露出している。

遠くには山々。

塔の出入り口、そしてハンス・フーゴたちがやってくる方角は窓の反対側なのだろう、兵たちの姿も見えない。

「我ら自慢の天空牢だ。扉を破るか、窓から飛んで出るかしかないのだ。そしてこの部屋の扉の頑丈さと、出口までの遠さは、誰よりも我らがよく知っている。見張りに会わずに出ることは不可能だ」

シュロッターが皮肉な口調で言った。

そもそもツェードリッツの見張り塔なのだから、そうなのだろう。

だとしたら、窓から……飛ぶのは無理としても。

「何か、縄のようなものは？　それを身体に縛り付けて、壁を降りる……というのは」

素人考えだとは思いつつ、優司は言ってみた。

兵たちは首を振る。

「そのように長く丈夫な縄があればな」

確かに部屋の中には、何もない。

だが――

「ちょっと待ってください！　あの……僕の縄を解いてもらえますか？」

兵たちは顔を見合わせたが、すぐに縄を解いてくれた。

「これでは短すぎる」

その縄を伸ばしてみて、彼らは首を振る。

「それじゃなくて」

優司はそう言いながら、急いでリュックをおろした。

兵たちは驚いて優司が何をするのか見ている。

優司は、必要かどうかもよくわからないままにキャンプ用品やら登山用品やらを揃えて詰め込んであったのだが、その中に……ロープがある。

大は小を兼ねるかと思い、十メートルのものを二本入れてあったのだ。

「これ」

優司が差し出すと、兵たちは手に取り、驚いたように引っ張った。

「これは何でできている縄なのだ。こんなに細いのに、おそろしく丈夫そうだな」

「かなり丈夫だと思います」

通販で買ったときについていた説明書を見ながら、優司はロープを伸ばした。

二本のロープをカラビナという金具で繋ぎ、倍の長さにする。

「これくらいあると、扉の金具に繋いで、下まで降りられる長さになると思うんですけど」

兵たちは優司の説明をすぐに理解して動き出した。

入り口の扉についている取っ手にロープの端を固定し、部屋を横切って窓の外に垂らす。

「長さはじゅうぶんだ」

それでも兵たちは、本当にその細いロープが自分の体重をかけても大丈夫なのか不安そうではあったが、一番軽そうなローアが決心して、窓枠に立った。

ロープを片腕に巻き付け、何度か引っ張って確認し、それから内側を向いて、身体を外に出す。

シュロッターとブレドウがロープの長さを調整するように摑み、そしてローアは慎重に壁を降りていった。

数メートル降りるとこつを掴んだらしく、ほどなく地面に降り立つ。

ローアが腕からロープを解いたのを見て、シュロッターがするすると引っ張った。

「次は俺だ」

シュロッターがそう言って、同じように降りていく。

これも無事に下に着いたとき、どこかでわあっという喚声があがったような気がした。

ぎくりとしてブレドウを見ると、ブレドウが扉のほうを振り向く。

「ラスベックの兵と殿の手勢がぶつかったのだ。ラスベックの兵が上がってくるかもしれない、急がれよ」

次は自分の番なのか。

実のところ、自分で提案したもののロープ一本を支えにあんなに下まで降りることができるのか不安だったが、やるしかない。

「あなたは、最後に残って大丈夫ですか?」

「見ていて要領はわかった。縄が信頼できるから大丈夫だ」

ブレドウが頷く。

優司は腕に巻くだけでは不安だったのでロープを腰に巻き付け、思い切って窓の外に身体をおろした。

「うわ」

思ったよりもずっと……自分の身体が重い。

考えてみると、自分の体重を自分の腕だけで支えるなど……子どもの頃に鉄棒で懸垂（けんすい）をやって以来かもしれない。

二の腕がわなわなと震え、掌にロープが食い込む。

しまった、リュックの中に手袋もあったのだ。それをはめればよかった。

だがもう遅い。

足を塔の壁に踏ん張って、ロープを繰り出すようにしながら、優司は壁を降りようとした。

塔の反対側では馬の足音、人の叫び声が大きくなっている。

急がなくては、と焦った瞬間……壁に踏ん張っていた足が辷った。

「あっ」

身体が宙づりになり、腰に巻いていたロープが身体に食い込んだ。

慌ててもがいて、手から離れたロープを摑もうとするのだが、身体がくるくると回転してしまってうまくいかない。

どうしよう、このままでは塔の上に残っているブレドウが逃げられない……！

そう思ったとき。

「ブレドウ、縄を切れ！」

突然下から、馬の蹄の音と、聞き覚えのある声が聞こえた。
ハンス・フーゴの声だ、と思った瞬間……がくん、と身体に衝撃が走った。
落ちる！
身体が、恐ろしい勢いで落下していく。
もうだめだ――と思った瞬間、何かが優司の身体を受け止めた。
正確には、誰かが……誰かの腕が。
助かった……！
優司は、その誰かの腕にしがみついた。
すると、その腕がしっかりと優司の身体を抱えてくれる。
力強い腕が「大丈夫だ」と思わせてくれる。
そして……
優司は、落ちた瞬間かたく閉じていた目を開けた。
黒い目が、優司を覗き込んでいた。
楓伍……違う、ハンス・フーゴだ。
鎖でできたフードを後ろに垂らし、黒い髪が風に靡いている。
美しい――まさに、黒いライオンのようだ。
一瞬見蕩れた優司に、彼が頷き、にっと笑う。

そして優司は、自分が馬上にいることに気付いた。

落ちる優司を、ハンス・フーゴが馬で駆け抜けながら受け止めてくれたのだ。

ブレドウに、ロープを切らせて。

そうだ。

「ブレドウさんはっ」

ロープがなくなってしまったら、ブレドウは降りられない。

するとハンス・フーゴが、馬の向きをくるりと変えて止まった。

塔から少し離れた場所だ。

そして……塔の窓に、ブレドウの姿が見えた。

優司のリュックを投げ落としてから、ブレドウは窓枠の外側に足を垂らすように腰掛ける。

塔の真下に、鎧姿の兵が五人ほど、輪になっているのが見えた。

「来い！」

一人が叫び……そして、ブレドウが躊躇うことなく飛び降りるのが見えて、優司は思わず息を呑んだ。

どさ、と音を立ててブレドウは兵たちの輪の真ん中に落ちた。
二、三秒の間があって……
「大丈夫か」

「大事ない」

兵たちのやりとりが聞こえ、輪の中からブレドウが出てくる。

兵たちがマントのような布を広げてブレドウを受け止めたのだと、優司は気付いた。

「よかった……！」

優司は、全身の力が抜けるのを感じた。

助かった。

自分もだが……ブレドウも、助かった。

と、ハンス・フーゴの腕が、不安定に横抱きにしていた優司の身体を、鞍（くら）の前に後ろ向きに座らせた。

ハンス・フーゴと向かい合うように。

日に焼けた精悍（せいかん）な顔が、少し笑いを含んで優司を見つめている。

もちろん、楓伍に似ている……しかしなんだか、はじめて見るような感じだ、と優司は思った。

頬にうっすらと走る、古い傷跡。

がっしりとした身体に鎧を着けた、本物の騎士。

そして、高い場所から落ちた優司の身体を、馬で駆け抜けながら軽々と受け止めた、逞しい男。

顔の周りを艶やかな黒い髪にふちどられた、まさに「黒獅子」の名がよく似合う、美しさと荒々しさを兼ね備えた男。

これは……誰だろう。

いやもちろん、ハンス・フーゴ・フォン・ツェードリッツという男なのだとはわかっているのだが、これまでずっと楓伍と重ねてきた彼が、急に見知らぬ一人の男としてくっきりと輪郭を表したように感じる。

会えた。

もう一度、この人に会えた。

そう思った瞬間、自分でも驚くほどの喜びが優司の中に溢れた。

こんなにも自分は、この人に会いたかったのだろうか。

「全く、思いも寄らぬ再会だな」

ハンス・フーゴが苦笑する。

「無様につり下がっているのがお前だと気付いたときには驚いたぞ」

瞬時にあれが優司だとわかり、ブレドウにロープを切るように指示し、そして優司を受け止めてくれたのだ。

その、とっさの判断力がなければ、優司はどうなっていたことか。

「ありがとうございました……！」

なんとか優司がそう言ったとき、

「殿！」

声が聞こえ、ハンス・フーゴがさっと面を引き締めてそちらを見た。

塔を回り込むように、一頭の馬が駆けてくる。

「ラスベックが逃げ出しました！」

「おお！」

周囲の兵たちから声があがる。

「追いますか」

「いや、あちらの領内に戻るのなら放っておけ」

ハンス・フーゴは首を振った。

「塔には二十名残せ。壊されたものや奪われたものがないか点検しろ。残りは、丘の塔経由で明日城へ戻る。二名、城へ先触れを」

てきぱきとハンス・フーゴが指示し、あっという間に、騎馬の兵たちが二隊に分かれ、一隊は塔の反対側に去って行き、残った兵の中から二騎が別の方角へと駆け出していく。

「それを引きずっていると馬の足に絡んで危ない、取れるか」

ハンス・フーゴに言われて、途中で切れたロープが腰に巻き付いたままだったことに気付き、優司は急いでロープを解いて丸めると、上着の一番大きいポケットになんとか押し込んだ。

残った兵たちがハンス・フーゴの後ろに列を作り、そのまま馬は歩き始めた。

優司は、後ろ向きにハンス・フーゴの鞍の前に座ったままだ。

なんだか落ち着かない体勢だ。

先ほどラスベックの兵に、無造作に馬の背にくくりつけられたときには緊張と不安で感じなかったのだが、馬はかなり揺れる。

それも前後上下左右に。

どこかに摑まりたいのだが、目の前にあるのは鉄板の鎧に包まれた、ハンス・フーゴの逞しい胸だけだ。

「あ、あの」

ぐらぐら揺れる優司の腕を、ハンス・フーゴが片手で摑んだ。

「なんだ、お前、馬に乗ったこともないのか」

「……はい」

それがなんだかとても恥ずかしいことのように思え、優司が小声で言って頷くと、ハンス・フーゴは苦笑し、そして手綱（たづな）を放して優司の身体に腕を回し、ひょいと優司の身体の向きを変えた。

今度は、ハンス・フーゴの前に、前向きに乗る格好になる。

そのままハンス・フーゴの片腕が優司の胴に回ってしっかりと抱き、もう片方の手が手綱を握る。

優司は落ち着かない気持ちになった。

背後からすっぽりと……ハンス・フーゴに抱かれている。

鎧に包まれている身体は大きく逞しい。

「ずいぶんと姿を現さなかったな……かれこれ二十日以上になるか」

穏やかなハンス・フーゴの声が頭上から聞こえる。

二十日以上……確かに、それくらいになる。やはり、両方の世界の時間の流れは同じなのだ、と優司は思った。

扉の法則は完全にわかったとは言えないが、とにかく時間的にはリンクしている。

「それで？」

ハンス・フーゴが続ける。

「お前はまた消えるのか？　それともこのまま、城に連れ戻っていいのか？」

「消えません」

優司は首を振った。

消えようにも……消えられない。

先ほど、背中から倒れ込んだのに戻れなかったのだ。

もしかしたらもう二度と戻れない、こちらに来たきりになってしまったのだろうかと思うと、じわりと背中を恐怖が伝う。

と、優司を抱くハンス・フーゴの腕に力がこもった。

「それならいい」

そっけなく、しかし少し安堵したようにハンス・フーゴは言い……そのまま黙る。

しばらく馬を進めると、少し上り坂になって草の丈が低くなり、そして突然、目の前が開けた。

「あ……！」

思わず優司は声をあげた。

美しい、輝く緑色の、吹き渡る風に揺れる草の海。

「小麦畑だ。珍しいか」

ハンス・フーゴが尋ね、優司は頷いた。

水田なら見たことがあるが、こんなに広い小麦畑を近くで見るのははじめてだ。

「すごい……きれい、です……！」

「そういえば、こちらの世界の景色が美しいと言っていたな」

ハンス・フーゴは静かに言った。

「景色が見たくて、また来たのか」

その言葉に何か別な意味がありそうに感じ、優司はどきりとした。

そもそも……この前に来たとき、優司は彼にキスをされて……そのままうっかり背中から倒れて戻ったのだ。

ハンス・フーゴにしてみたら、キスの最中に消えた相手が、またのこのこ現れた、ということになる。

「あの……ええと」

ハンス・フーゴに会いに来た、などと言ったら、この間のことはいやではなかったのだと思われてしまう。

いやではなくて……そしてそのことが怖くて、来るのはやめようと思ったのだが、それをどう説明すればいいのか。

しかも、ハンス・フーゴに後ろからしっかりと抱かれている状態で。

と……。

「怒ってはいないのだな」

笑いを含んだ声で、ハンス・フーゴが言った。

「無体(むたい)なことをしたから怒ってしまって、もう来ないと思った。悪かった」

悪かった。

謝ってくれた……ということは、またあんなことをされる、という心配はしなくてもいいということだろうか。

それなら気が楽になる。

「いいえ」

優司は首を振った。

「僕のほうこそ……突然消えたりして。また来られてよかったです」

「そうか」

ハンス・フーゴはそう言って少し黙り、やがて静かに言った。

「今日は途中にある別の見張り塔に泊まり、明日、城に着く。聞きたいことがいろいろあるが、今はお前が気に入ってくれたこの景色を楽しむがいい」

「はい」

優司は頷き……

慣れない馬の揺れに身を任せながら、自分はこれからどうなるのだろう、本当にもう戻れないのだろうかと不安を覚えつつも、目の前に広がる景色を楽しんでいる自分ののんきさにも呆れていた。


遠くに村をいくつか見ながら、数時間、隊列は進んでいった。

村々はいかにも、中世の北ヨーロッパの家並み、という感じで美しい。

優司はその村々を見ながら、ちらりと「何かが足りない」という気がしたが、それがなんなのかはわからなかった。

もっとも優司自身、観光などで出かけた先で現代の田舎町を見たことがある程度だから、違いがあっても不思議はない。

やがて、城への途中にあるという小麦畑の丘の上に建つ見張り塔に着くと、ハンス・フーゴは優司を馬から下ろした。

「すぐ行くので寛いで待っていろ」と言い、兵の一人に命じて優司を塔の中へと案内させる。

一番下は広間で、階段を上がった二階に、広めの部屋があった。

どっしりとしたテーブルと背もたれのついた椅子が数脚、片側の壁際に置かれており、反対側には木製の硬そうなベッドが五台ほど並んでいる。

見張り塔にいる当番が寝起きする部屋なのだろうか。

部屋の中はひんやりとして、開け放った窓からさわやかな空気が通り抜けて心地いい。

下の階でのざわめきを聞きながら優司が部屋で待っていると、扉が開いて、大きな木のトレイのようなものを持った少年が二人入ってきた。

「失礼します」

そう言って頭を下げ、トレイに載っていたものをテーブルに移していく。

飲み物や食べ物のようだ。

まだ十二、三歳くらいに見える少年たちは優司のほうを好奇心のこもったまなざしでちらちら見ている。

優司は、ふと彼らと話してみたい、と思った。

「名前を尋いてもいい？」

そう言うと、少年たちは驚いたように顔を見合わせ、それから顔がぱっと明るくなった。

「ロルフと呼ばれております」

わずかに年長らしい少年が言い、

「こちらはニコです」

傍らの、小柄な少年を指す。

どうやら自分から話しかけることは禁じられているか躊躇われるかしていて、優司のほうが話しかけたから受け答えできる、という雰囲気だ。

「ロルフと、ニコ」

優司は繰り返し、それからちょっと躊躇ってから尋ねた。

「ここで……働いているの？」

まだ子どもなのに、という言葉は飲み込む。

少年たちは勢いよく頷いた。

「はい！　何かご用がありましたらお申し付けください！」

「とりあえず、今は特に……でもあの、きみたちのような、その、若い人たちが……たくさんいるの？　きみたちも兵士なの？」

　ロルフが首を振った。

「まだ兵ではありません。戦（いくさ）で、兵だった父を亡くして孤児になった私に殿さまが働く場所を与えてくださったのです。いずれ父のような兵になりたいと思っています」

　誇らしげに答える。

「そうだったの……きみは？　きみも兵になるの？」

　優司がニコを見ると、少しはにかんだ様子で頬を赤くする。

「私は、流行病（はやりやまい）で家族を失った孤児です。父は歴史を記録する学者だったのですが、私が読み書きを習う間もなく亡くなってしまったので、学者になることは諦（あきら）めました。ロルフを見習って、いい兵になれればと思っています」

　そう答えるが、線が細く優しげなニコは、兵に向いているようには見えない。

　この世界の職業の選択というのはどうなっているのだろう。

　ただの好奇心でどこまで尋（き）いていいのかわからないが、少しでもこの世界のことを知りたい、と優司は思った。

「今からでも、誰かに字を習って学者になることはできないの？」

ニコは驚いたように目を見開き、慌てて首を振った。

「読み書きができる人はとても少ないですし、そういう人は自分の子どもに幼い頃から字を教えてあとを継がせますから。私は、こうして居場所をいただけただけで幸運です」

日本は寺子屋制度のおかげで、江戸時代からとても識字率が高かったと聞いたことがあるが、中世ヨーロッパではそうではないのだろうか。

それでも、孤児に居場所と教育を与えて救済するというのは、なんとなく教会の仕事のような気がしていた。

「教会では、字は教えてもらえないの？　きみたちのような、親を亡くした子どもたちの世話は、殿さまが率先してなさっているの？」

もしかするとここでは教会がうまく機能していないのだろうか、と思いながら優司が尋ねると、少年たちは首をかしげる。

「教会……？」

よくわからない、といった表情に、優司も戸惑ったそのとき。

「ユルゲン！」

開いていた扉から、ハンス・フーゴが優司を呼びながら大股で入ってきた。

その瞬間、部屋の中がぱっと明るくなり、華やいだような気がして、優司の胸が高鳴った。

彼は何か……特別なオーラを持った人、という気がする。

鎧（よろい）や鎖帷子（くさりかたびら）を脱ぎ、軽そうな赤茶色のチュニックを身につけ、黒い髪の毛の先が肩の上で軽くカールしており、少し無精ひげが生えていて男っぽい色気がある、とも感じる。

　少年たちは慌てて頭を下げた。

「失礼いたします」

　頷き返すハンス・フーゴにそう言って部屋を出て行く。

　扉が閉まるのを見てから、ハンス・フーゴは優司を見てにやりと笑った。

「ちゃんといたな」

　それからテーブルの上を見て眉を寄せる。

「なんだ、食べていなかったのか。ここの食べ物は気に入らないか」

「え、いえ」

　優司は首を振った。

「僕がいただいてよかったんですか？　あなたが戻って召し上がるのだと思っていました」

　ハンス・フーゴは驚いたように眉を上げた。

「お前はなんというか……礼儀正しいというか、遠慮がちというか。よくそれで生き抜いてこられたものだ。ここでは腹が減ったら食う、眠くなったら寝る、それでいい」

　そう言ってから、彼は片手にぶらさげていたものを大きなテーブルの空いている場所にどさりと置いた。

優司のリュックだ。

ブレドウが、自分が飛び降りる前に投げ下ろしてくれたものだ。

「何かなくなっていたり破損したりしていないか調べろ。とはいえ、同じものであがなうことは難しいと思うが」

ハンス・フーゴがそう言いつつ、興味ありげにリュックを見ているので、優司は彼の前でリュックを開け、中身を見た。

エネルギーバーがちょっと潰れてしまっているが、それ以外はなんともない。

「大丈夫です」

優司はハンス・フーゴに言った。

「それより……あなたにお見せしたいものがあって持ってきたんですが」

世界地図の地図帳などを取り出そうとすると、ハンス・フーゴが掌(てのひら)をこちらに向けて止めた。

「興味はあるが、あとでゆっくり。まず、座れ」

そう言って、テーブルの片側の席にどっかりと腰を下ろす。

そうか、ラスベックに乗っ取られた見張り塔まで遠征して、疲れているし空腹でもあるはずだ。

「はい」

優司は頷き、ハンス・フーゴの向かい側に座った。

「再会を祝して」

ハンス・フーゴが悪戯（いたずら）っぽい笑いを浮かべながら、大ぶりのゴブレットを顔の前に持ち上げる。

優司も、自分の前にある厚手のどっしりとしたゴブレットを持って同じように持ち上げ、それからハンス・フーゴが飲み干すのを見て、自分も唇をつけた。

ワインだ。

素朴だが味わいのある、赤ワイン。

アルコールにはあまり強くないのだが、これはおいしい。

「……おいしい」

思わず優司が言うと、ハンス・フーゴがにっと笑った。

「領内で作るワインだ。気に入ったならよかった。さあ、食え」

食卓に並んでいたのは、生ハムかベーコンのような肉を焼いたものや、野菜と肉をともに煮込んだスープなどだった。

こういう見張り塔に常備されている食料なのだろうか、どれもシンプルな料理だが、素材の味が濃くておいしい。

そしてそういう食べ物に、少し酸味のある黒いパンがよく合う。

こしょうやじゃがいもがヨーロッパにもたらされたのがいつ頃だったか正確に覚えてはいないのだが、どうやらここにはすでに存在するようだ。

食べ始めて優司は、自分もかなり空腹だったことに気付いた。

素朴だが力強い味、という感じで……身体にエネルギーが満ちてくるように感じる。

「それで」

無言でしばらく食べたところで、ハンス・フーゴが顔を上げた。

「お前はなぜまた、現れた？」

なぜ。

優司は、どう答えようか迷った。

はっきりした理由は自分でもよくわからない。

だがきっかけになったのは……

「あなたに、その……夢の中で、呼ばれたからです」

躊躇いながらも、思い切って優司はそう言った。

もしかしたらハンス・フーゴが、本当に夢で自分を呼んだのかもしれないと思ったからだ。

いろいろと不思議なことが重なっているのだから、あちらとこちらで夢が通じたとしてももう驚かない。

しかしハンス・フーゴは驚いたように眉を上げた。

「呼んだ？　俺がか？」

違ったのだ、と優司は気付いて急に恥ずかしくなった。

「いえ、あの、そんな気がしただけで……すみません」

思わず俯（うつむ）いて、皿に視線を落とす。

――彼が呼んだのではなかった。

あれは自分が勝手に見た夢だった。

ハンス・フーゴとも、楓伍（ふうご）ともつかない顔の男が「ユウ」と自分を呼んだのは。

優司が必要だから戻ってこい、と言ったのは。

そのとき、ハンス・フーゴが静かに言った。

「……呼んだかもしれないな」

「え」

その声音に、何かはっとする響きを感じて、優司は顔を上げた。

ハンス・フーゴは穏やかな視線で、優司を見つめている。

「お前にもう一度会いたいと思っていたのは確かだ」

彼はゆっくりと言った。

「お前ともっと話をしたい、お前を知りたい、と」

その声音に、何か温かで優しいものを感じ、優司の胸がじんわりと熱くなった。

なんだか……間近で並んでとか、馬上で背後から抱かれて、という姿勢より……こうして向かい合い、距離を取って、真顔で言われるほうが胸の中に真っ直ぐ届く気がする。

「この間は、俺が間違った」

ハンス・フーゴは真顔で続けた。

「お前を侮辱したな。俺を誘惑するために送り込まれた男娼だなどと。もしまたお前に会えたら、まずそれを謝らねばと思っていたのだ」

「いえ」

優司は、ハンス・フーゴの視線がまぶしくて、また俯いてしまった。

あの言葉は少しショックだったが、それで怒って戻ってしまったのではない。

キスをされて抵抗しなかったのも確かだ。

そして、あのときの自分の反応が怖くて、なかなかこちらに来られなかった。

だがハンス・フーゴはその間ずっと、自分が悪かったのだと思い、謝る機会を求めていたのだ。

馬上でも「悪かった」と言ってくれたが、顔が見える状態できちんと謝りたいと思っていてくれたのだろう。

こういう……どこか生真面目な真っ直ぐさは、楓伍も持っていた。

しかし、そういう楓伍との共通点は、男らしく潔い男なら持ち合わせているはずの特徴なのかもしれない。

「俺は何か、またお前を困らせるようなことを言っているのか？」

ハンス・フーゴが、わずかに戸惑ったようにそう言ったので、優司ははっとして顔をあげた。

目を逸らして俯いてしまったので、そう見えてしまったのだ。

「いいえ、違うんです、すみません」

ハンス・フーゴが眉を上げる。

「とがめているのではない、謝るな。お前の世界ではそうやって、何かにつけいちいち謝るのか」

「あ、いえ」

優司は首を振り、

「僕の世界の、というよりは……僕の口癖かもしれません、す――」

また「すみません」と言いそうになったのを慌てて止めた。

ハンス・フーゴがくっくっと笑い出す。

「まあ別に、謝られてもこちらは困らん。口から出るのなら出しておけ」

その言葉に、優司ははっとした。

昔から……何かというと「すみません」と言ってしまうのは優司の悪い癖ではあるのだが、

楓伍は「ユウの『すみません』は『ありがとう』だと思っとく」と笑っていた。

同じように優司の「すみません」を受け入れてくれているようで、楓伍の言葉とハンス・フーゴの言葉は、方向性が違う。

楓伍は、優司の口癖をあまりいいことではないとわかった上で、自分なりに変換して受け入れてくれていて、優司も「申し訳ない」と思いつつ、それが嬉しかった。

だがハンス・フーゴはもっと豪快に、「口から出るのなら出しておけ」……つまり、全く気にしない、と言っているのだ。

顔は似ているし、好ましい共通点はあるにしても、ハンス・フーゴと殿村楓伍はやはり違う人間なのだ、と感じる。

そして優司はいつしか、いちいち楓伍と重ね合わせて似ているところだけをあげつらうのではなく、ハンス・フーゴという人のことをちゃんと知りたい、という気持ちになっていた。

顔は似ているけれど楓伍とは別人である人と、他人に言ったらとても信じてはもらえないような状況で出会ったことに何か意味があるのだとしたら、それを知りたい。

と、ハンス・フーゴがすっと椅子から立ち上がった。

記憶にある楓伍と背丈は同じくらいだが、身体の厚みのせいかハンス・フーゴのほうが少し大きい、と思わせる。

「では、いろいろ見せてもらおうか」

ハンス・フーゴが、優司の荷物に視線をやったので、優司も立ち上がってリュックを開けた。

「どうぞ」

中から取りだしたものを、テーブルの上に広げる。

ハンス・フーゴは、ペットボトルに入った水やエネルギーバーを面白そうに手に取った。

「これはお前の食べ物や飲み物か」

「はい、よろしければどうぞ」

完全には潰れずなんとか無事だったエネルギーバーを一本開けて差し出すと、ハンス・フーゴはまず軽く匂(にお)いをかぎ、それから半分ほどをがぶりとかじった。

「……おかしな食感だ。それに、申し訳ないがあまりうまいものではないな」

率直な感想だ。

「旅行用の簡易的な食べ物なんです」

一応言い訳しつつも、優司自身、ここの食事を食べたあとだとエネルギーバーは味気ないと感じる。

ハンス・フーゴは中身よりも、リュックそのものに感心した様子だ。

「どういう織物なのか、おそろしく丈夫そうだ。留め金も、軽いのにしっかりしている。これは何からできているのか見当もつかない」

プラスチックやナイロン素材などの石油製品を、どう説明すればいいのだろう。

「僕も……作り方そのものをちゃんと知っているわけではないんですけど、こういうものは、燃料にもなる黒い油から作るんです」

「聞いたことがあるな、燃える黒い水。それがこういうかたちになるとは不思議だが」

ハンス・フーゴはそう言いながら、今度は世界地図を手に取った。

「これは？」

「地図です」

優司は地図をテーブルに広げた。

「参考に、と思って……これが世界で、僕の国はここなんです。そして今僕たちがいる場所は、多分この辺だと思って」

優司が指さすと、ハンス・フーゴは腕組みをして眉を寄せた。

「お前たちは、世界は平たいと思っているのか」

「いえ、そうじゃなくて、丸い世界を切り開いて広げて……というか、あなたがたは、世界は球体だってご存じなんですね？」

「常識だ」

ハンス・フーゴの言葉に、優司は混乱した。

この世界は……服装からいって、たぶん十四、五世紀ごろ。

コロンブスが旅に出たのはいつだっただろう。地球が太陽の周りを回っていると言って罰されたガリレオはいつの人だった？

こしょうやじゃがいもが存在するということは、もうヨーロッパの人々は、インドや南北アメリカ大陸を知っているということになるのだろうか？

ああ、世界史の年表を持ってくるのだった、と優司は思った。

いろいろ厳選して持ってきたつもりだったのに。

優司の知識は、ドイツの近・現代のことに特化されてしまっている。

「しかし」

ハンス・フーゴは地図を見ながら言った。

「この地図は面白いな。文字がまるで読めないが、それが不思議な感じだ。もう少し、俺にわかる範囲の地図があればいいのだが」

「あ！」

優司は思わず声をあげた。

「あるんです、あったんです……もっと範囲の狭い地図……でも、ラスベックに」

楓伍からもらった古地図。

あれはラスベックに奪われてしまったままだ。

「なんだと」

ハンス・フーゴが顔色を変えた。

「ラスベックに盗まれたのか。おのれ、あの盗人（ぬすっと）め、他人の領土に侵入して小麦をかすめ取るだけでは飽き足らず、異国の客人の大切なものまで、許さぬ！」

きつく握りしめた拳（こぶし）で、どん、とテーブルを叩く。

まるで今にもラスベックのところまで地図を取り戻しに行きそうな形相に、優司は慌てた。

「地図一枚でそんな……小麦に比べれば全然たいしたことありませんから！」

大切な、楓伍の思い出ではあるが、戦の原因になっては困る。

ハンス・フーゴがきっと優司を見た。

怒りを浮かべた瞳。

「大事なものなのだろう？」

それはそうだが、その大事なものを持ち出してきたのは、そもそも……

「あなたに見せたいと思ったので……見せられないのが、残念なだけです」

優司がそう言うと……ハンス・フーゴの瞳に戸惑いが浮かび……そしてじんわりと怒りが消えていった。

「……お前は」

ハンス・フーゴが苦笑する。

「お前は、怒るということをしないのか？」

怒る。

どうだろう……悲しむことや後悔することはあっても……

「あまり、怒らないかもしれないです」

正直に答えると……

テーブルの前に、優司と並んで立っていたハンス・フーゴが、そのテーブルの上に片腕を乗せて、その上に突っ伏した。

背中が揺れ……くっくっくっと、声が漏れている。

——笑っている。

笑われるようなことを言っただろうか、と優司が戸惑っていると……

ハンス・フーゴは上体をテーブルに伏せたまま、顔だけ横向きにして優司を見上げた。

その瞳に浮かんでいるのは、揶揄とか皮肉とかではない、優しい笑い。

「怒らずに生きていける……お前が来たのは、そういう世界からなのだな」

怒らずに生きていける。

そうか……この世界はおそらく、現代日本よりも、いろいろな意味で荒っぽく厳しい。

怒りが人を動かす原動力になったり、怒らなくては生きていけなかったりするのだ。

だがそれは、ぼんやりとぬるま湯の中で生きていくよりも、ずっと、本当の意味で「生きている」ことのように思える……というのは、当事者ではないから言えることなのだろうか。

「……お前が現れてから、俺は本当にいろいろなことを考える。俺に考えさせるために、天がお前を遣わしたのかと思われるほどに」

優司の心臓がばくんと跳ねた。

ハンス・フーゴは、何を、どんなことを考えているのだろう。

優司だって、アパートの扉がこちらの世界に通じるようになってから……そしてハンス・フーゴを見つけてから、本当にいろいろなことを考えた。

だが優司が考えたのは、ハンス・フーゴが楓伍とよく似ていることの意味だ。

別人なのだ、と思っても……今こうして、優しく優司を見上げているハンス・フーゴの表情を見ていると、いつかベッドの上に座っている自分を、寝転がったままの楓伍が見上げて微笑んでいた一瞬を思い出す。

ハンス・フーゴと、視線が絡む。

逸らすことができない。

彼の目の中に、やっぱり、楓伍に通じる何かがあるように思えて……そして、目を逸らしたら、それが消えてしまうような気がして。

この人は、楓伍ではないはずなのに、どうしてこんなに、楓伍と同じように、自分の胸をざわめかせるのだろう。

と、ハンス・フーゴが静かに身体を起こした。

顔が近づく。

瞳も。

吐息も。

どうしよう、このままではキスをしてしまう……「されてしまう」ではなくて。

そう思いながらも優司が身じろぎもできずにいると、唇が、唇に、触れた。

少しだけかさついた、温かく優しい唇。

わずかに強く、押しつけられる。

しかしそれ以上深い口づけにはならず、ハンス・フーゴは唇を離し、そして目を細めた。

「これでも……怒らないのか？　怒って帰ったりしないのか？」

「……怒りません」

優司は掠(かす)れた小声で、それでもはっきりと言った。

この間だって、キスに怒って帰ったわけではなかったのだ。

ただ、自分の心がわからない。

ハンス・フーゴが、楓伍に似ているから、なのだろうか？

それとも、別人なのだとちゃんとわかって、それでも……なのだろうか？

もし、キスだけではなくてさらに先も求められたら……？

そう考えると少し怖いような気がして、優司がぶるりと身を震わせると、ハンス・フーゴはゆっくりと顔を離し、身体を起こした。

「そう身構えるな。これ以上の無体など、今は考えてはいない」

片頬でにっと笑う。

「全く、こんな反応をするお前を、一瞬でも男娼だなどと疑った俺が馬鹿だったな」

ハンス・フーゴはそう言ってから、テーブルを離れて窓辺に寄った。

開いた窓の下に、腰掛けられるような出っ張りがある。

彼はそこに、どっかりと腰を下ろした。

そう、こういうちょっとした動きの荒っぽさは、楓伍にはなかったものだ。

「外の風が気持ちいいぞ」

そう言って窓の外に目を向ける。

優司も、ワインで少し頬が火照(ほて)っているのを感じ、窓辺に歩み寄った。

外はもう、すっかり日が落ちて暗くなっていた。

丘の上にある見張り塔の周囲を流れていく、少しひんやりした空気が心地いい。

小麦畑は暗いが、ところどころに木々の塊の影を含んでどこまでもどこまでも広がっているように思える闇の中に、農家や村の家だろうか、ちらちらと瞬(またた)く明かりが優しく、絵本の中の風景のようだ。

「ここは……やっぱり、美しいところです」

優司は思わずそう呟いた。

「ここで生まれ育った人にはわからないかもしれないけれど、本当に美しいんです」

「ここで生まれ育った、か」

ハンス・フーゴは真顔になった。

「とはいえ、俺には子どもの頃の記憶がないからな」

「え」

優司は驚いてハンス・フーゴをまじまじと見た。

どういう意味だろう。

ハンス・フーゴは肩をすくめた。

「俺はある日、記憶を失って川のほとりに倒れていたのだ。だから自分が誰の子で、どこでどう育ったのか知らない」

優司は、鼓動が走り出すのを感じた。

記憶がない。

ある日、川のほとりに倒れていた。

「そ……それは……いつ頃……？」

ハンス・フーゴは首をかしげる。

「五年ほど前か」

五年ほど前。

楓伍が姿を消したのもそれくらい前だ。

それは何か、意味のある符合なのだろうか。

「でも……そういう方が、どうして……領主に……」

声が、震える。

「年老いた前領主に気に入られた。記憶はないが、知識はあり、頭がよく行動力もある……と、これは俺が自分で言っているのではないぞ、前領主がそう言ったのだ」

ハンス・フーゴはこともなげに笑う。

「流行病にも全くかからずに生き延び、戦で何度か手柄を立て、黒獅子（くろじし）とあだ名されるようにもなった。そして長老会から推挙され、前領主の養子となり、二年前に彼が亡くなってツエードリッツを継いだのだ」

前に、この世界では王の家系のものが王を継ぎ、子は親の仕事を継ぐのだと聞いたが、それは実の子ではなくても、養子という方法もあるということなのか。

もし。

もし楓伍が、タイムスリップか何かでこの世界に放り出されたとして。

頭も切れ、運動能力もあり、行動力も指導力もあった彼なら……もしかして、ハンス・フーゴのような立場になれたかもしれない。

その数年の間に身体をさらに鍛え……現代よりも荒々しいこの世界に順応して、言動も変わったのだとしたら。

「どうした、顔色が悪いぞ」

ハンス・フーゴは訝しげに眉を寄せ、片手で無造作に自分の耳のあたりの髪を掻き上げた。

「たいした話ではない、戦で頭を怪我して記憶を失ったり、手柄を立て、騎士の養子となって家を継ぐくらいのことはよくある話だ。それとも、何か……」

優司の顔を見て、言葉を止める。

「……どうした？」

優司は、ハンス・フーゴの腕を見ていた。

チュニックのゆるやかな袖が、髪を掻き上げた拍子に肘のあたりまで捲れていて――

その、肘の近くに、傷があった。

古い傷跡……白いかぎ裂きのようなかたちで、少し盛り上がり、周囲の皮膚がわずかに引き攣れている。

同じものを優司は何度も見たことがあった。

楓伍の腕に。

子どもの頃に、どこかで遊んでいて有刺鉄線の柵によじ登り、降りるときに引っかかったのだと言っていた。

痛そうだ、かなり出血したのだろう、と……想像するだけで貧血を起こしそうだったのをよく覚えている。

同じ傷が、どうしてハンス・フーゴに？

「……あなたは……誰……？」

ハンス・フーゴなのか？

楓伍なのか？

一生懸命、二人は別人だと考えようとしていたのに……そうではないのだろうか……？

戸惑うようにハンス・フーゴは優司を見つめた。

「俺は、俺だ」

「お前こそ、いったい誰なのだ？」

瞳が、優司の瞳と絡む。

「どうしてそんな目で俺を見る……？　最初から不思議だったのだ。お前はまるで、俺の中に誰かの面影を重ねているように見え……そしてその視線が、どういうわけか俺の心を波立たせる」

気付いていたのだ、彼は。

優司がハンス・フーゴと楓伍を重ねていたことに。

そしてその視線が、彼の心を波立たせる。

もし、もし、二人が同一人物なのだとしたら。

タイムスリップとか生まれ変わりとか、言い方はどうでもいい、何か不思議なことが起きて、楓伍がこの世界に移動し、ハンス・フーゴとして生きているのだとしたら。

ここにいるのは……

「ふう、ご……？」

思わずそう呼んだ優司の声が震えた。

ハンス・フーゴの目がわずかに見開かれた。

「なぜ俺をそう呼ぶ……？　お前にそう呼ばれると、俺は……」

ハンス・フーゴの瞳の中に、混乱と同時に何か物騒な熱のようなものがともった。

その熱を自分は知っている、と優司が思った瞬間。

ハンス・フーゴの手が優司の二の腕を摑み、荒々しく、唇を重ねてきた。

先ほどのおそるおそるというようなキスとは違う、荒っぽく激しいキス。

楓伍だったら……行為の最中にしかしなかったような、欲望をあらわにしたキス。

そう思った瞬間、優司の腰の奥がざわりとした。

身長差のあるハンス・フーゴが優司を上向かせ、真上から唇を犯すように舌を差し入れてくる。

口蓋を舐め、優司の舌を捕らえ、耳の下がつきんと痛むほどに強く吸う。

「んっ……っ」

優司の鼻からとうとう甘い息が漏れた。

ハンス・フーゴの片手が優司の腰を抱き寄せ、もう片方の手が優司の頬を包み、顔の角度を変えてはより深く口付けてくる。

優司の手も、無意識にハンス・フーゴの背中に回っていた。

下着のシャツと、毛織りのチュニックを隔てていても、その身体の逞しさがわかる。

楓伍よりも厚みのある身体、掌を押し返すような筋肉。

だが……背の高さ、腰骨の位置、左右の肩甲骨の距離……それは、優司の手が記憶している楓伍の身体と似ている……同じ、だ。

そして、押しつけられた股間で滾っている熱。

忘れかけていた感覚がどっと全身に襲いかかる。

それが自分の身体を貫き、内側からどろどろに溶かし、そして高みへと連れて行ってくれる、あの絶対的な幸福感。

それを待ち焦がれているときの、切ないような甘く恥ずかしい心と身体の疼き。

こんなにはっきりと覚えていて……そして、求めている。

と、突然唇が解放された。

「おい」

ハンス・フーゴが苦しげに眉を寄せ、優司の瞳を覗き込む。

「抵抗しないのなら、抱くぞ」

優司は半ばぼうっとしながら、ハンス・フーゴを見上げた。

抱かれたら、何かわかるだろうか。

もともと性欲は薄く……もしかしたら一生誰とも経験せずに終わるのかもと思っていた時期もあった。

だがその優司を、楓伍が変えた。

楓伍とだって恋人同士として付き合った期間は短かかったが、その間に濃密に愛され、優司の心も身体も変えられた。

だがそれは楓伍だったからだ。

楓伍は優司にとってはただ一人の相手であり、身体に刻みつけられているのは楓伍の記憶だけだ。

楓伍が姿を消したあと、自分の欲望は再び封印されてしまったのだと思っていた。

消えてしまったのかもしれない、とさえ思った。

それなのに今、荒々しいキスをされて、優司の身体には紛れもない欲望の熱がともっている。

ハンス・フーゴと身体を重ねたら……自分のこの欲が誰に向けられているものなのか、ハンス・フーゴは楓伍なのか、という何かが、わかるのだろうか……？

唇から言葉は出なかったが、ハンス・フーゴは優司の瞳に宿る葛藤と欲望を読み取ったのだろう、余裕のない笑みを浮かべた。

「いいだろう、お前を俺のものにする」

宣言するようにそう言って、優司の膝裏を掬い、軽々と抱き上げると、部屋の片側に並んでいたベッドのひとつにそっとおろした。

背中がベッドに着いた瞬間、優司はまた自分の現実世界に戻ってしまわないかと思ってひくりとしたが、やわらかい寝具の上にそっとおろされたせいか、大丈夫だった。

いや……もしかしたら、もう自分は戻れなくなってしまったのかもしれない。

ラスベックに捕まったときも、戻れなかったのだから。

だがそんな不安も、優司にのしかかってくるハンス・フーゴの凶暴な熱を秘めた瞳の前にかき消えた。

再び重なる唇。

そして今度は明確な意図を持って、ハンス・フーゴの手が優司の身体を探り出す。

服の上からなのに、彼の手の熱が感じ取れる。

しかし……

すぐにハンス・フーゴがちょっと唇を離し、焦れたように小さく舌打ちした。

「この服は、どうなっている」

「あ」

ハイネックのインナーの上に、薄手のアウトドアジャケットを着ているのだが、金属製の硬いスナップやファスナーが、彼には未知のものなのだ。

優司は興奮に震える指でスナップをはずし、ジャケットを腕から抜いた。

待ちきれないようにハンス・フーゴの手が、ハイネックと下着のシャツの裾をズボンから引っ張り出し、隙間から潜り込んでくる。

「……あ……っ」

素肌に掌の熱を直接感じ、優司は思わず声を漏らした。

こんな感覚は忘れていた。

大きな掌が、自分の皮膚の上を這い上がってくるこの感覚を。

皮膚がおそろしく敏感になり、触れられたところから熱が生まれ、全身に広がっていくような感覚を。

自分も……彼に触れたい。

優司はハンス・フーゴのチュニックの合わせ目に手をやったが、これはこれで紐やバックルで留まっていて、どこからどう解けばいいのかわからない。

「……ったく」

ハンス・フーゴが小さく笑った。

「一枚一枚脱がせてやりたいのにそれができないときている。自分で脱いでしまえ」

そう言いながら、革のベルトを取ってチュニックを脱ぎ、それから胸のあたりが紐で締まっているシャツを頭から脱ぎ捨てる。

現れた裸の上半身に、優司は思わず見蕩（みと）れた。

厚い胸板、そして引き締まった腹。

その、滑（なめ）らかな筋肉がのった、力強いのにごつく見えない身体のラインは楓伍とよく似ているが、肩から二の腕にかけての筋肉は、楓伍よりも逞しい。

身体には楓伍にはなかった切り傷や打撲のあとのようなものがいくつも残っている。

そして……やわらかそうな生地のズボンの中が、すでに内側から膨らんでいるのが、わかった。

どくん、と優司自身のそこにも血が集まる。

早く……早く、素肌を重ねたい。

なんとか上に着ているものを脱ぎ捨て、もどかしくベルトの前を開けようとしたとき。

どこかから、叫び声が上がった。

ハンス・フーゴがびくりとして顔を上げる。

「敵襲——！」

続いて聞こえた言葉に、さっと彼の顔が引き締まった。

「くそ！」

ハンス・フーゴは身体を起こし、優司を見た。

瞬時に表情が冷静になったが、瞳はまだ熱を残している。

「邪魔が入った。お前はここにいろ」

そう言ってベッドから飛び降り、シャツを頭から被りながら扉に走った。

「鎧を持て！　当番！」

扉を開けて叫ぶと、すぐに階段の上下から兵たちの足音が聞こえる。

「ラスベックか」

「夜盗のようにも見えます。囲まれています」

「人数はまだ」

兵たちの報告にかぶせるように、

「侵入されるぞ！」

階下から叫び声が聞こえた。

「お前たち、ユルゲンを守れ！　この扉を開けるな！」

ハンス・フーゴが誰かに命じ、それから部屋の中を振り向いた。

「ユルゲン、消えるなよ！」

「はい！」

優司が急いで脱いだものを身につけながら頷くと、たちまちハンス・フーゴは階下に姿を消した。

入れ替わりに、さきほど食事を運んできたロルフとニコが飛び込んでくる。

「ユルゲンさま、お守りします！」

それぞれ手に短剣を持ってはいるが、何しろまだ子どもと言っていい、優司よりも背も低い少年たちだ。

彼らにただ守られるわけにはいかない。

そうだ、ハンス・フーゴは「この扉を開けるな」と言った。

扉は内開きだから、中から何かで押さえれば外からは開かない。

「テーブルを！」

優司はそう言って、テーブルに駆け寄り扉のほうへ押そうとした。

どっしりとした木のテーブルを、非力な自分が動かせると思っただけでも不思議だったのに……テーブルは、ずずっと動いた。

それを見て少年たちも短剣を放り出して駆け寄り、一緒に押しはじめる。

「……くっ……」

優司は、こんなに力を出したのは生まれてはじめてかもしれない、と思いながら、渾身の力でテーブルを押した。

少しずつ動いていたテーブルは、突然勢いがついたかのように辷（すべ）り、どん、と音を立てて扉にぶつかった。

しかし、まだ足りない。

優司の力で押せるくらいのテーブルなら、屈強な兵たちが反対側から押せば動いてしまうだろう。

「ベッドも！」

優司は言って、部屋の片側に並ぶベッドの、一番手前のものに飛びついた。

すぐに少年たちも駆け寄る。

テーブルの下にベッドを一台押し込み、そしてもう一台をテーブルの脇へ。

そうしている間にも、扉の向こうから、そして窓の外から、叫び声や、剣を打ち合わせているらしい鈍い金属音が聞こえてくる。

三台目を動かす頃には、優司の全身から汗が噴き出し、息が上がっていた。

その自分の呼吸を意識した瞬間、優司ははっとした。

……少し息が上がってはいるが、息苦しくない。

こんな作業をすれば、すぐに胸苦しいほど鼓動が速くなり、貧血を起こしたように視界が狭（せば）まるはずなのに……なんともない、大丈夫だ。

そういえば、こちらに来てから呼吸に不安を感じていない。

何か……何かが、変だ。

そう思ったとき、うわあっと階下で声が聞こえた。

「侵入されたぞ！」

「階段を守れ！」

敵が中に入ってきたのだ。

テーブルとベッドは時間稼ぎにはなっても、永久にここを守ってくれるわけではないだろう。

優司は少年たちと顔を見合わせた。

「外は⁉」

窓に駆け寄って見下ろすと、暗闇の中、遠くでたいまつを持った兵や騎兵が駆け回り、剣を交えている様子も見える。

あの中にハンス・フーゴもいるのだろうか。

彼は無事だろうか。

とにかく今できるのは、彼に負担をかけないように、ここを脱出することだ。

「今、真下にいるのは、敵？　味方？」

優司が尋ねると、ロルフが身を乗り出して真下を見た。

「味方です！」

「じゃあ」

優司の頭にひらめいたのは、ラスベックから逃げ出したときのことだった。

あのときは、塔のかなり上に閉じ込められたが、ここは二階だ。

ホールの天井が高いことを考えても、あのときよりははるかに地面に近い。

優司はジャケットのポケットに押し込んでいたロープを取り出した。

途中で切られてはいるが、なんとか下に届きそうだ。

「一人ずつ、降りて」

優司はそう言いながら、隣にいたロルフの腰にロープを巻き付けた。

前回の反省から、リュックから厚手の手袋を取り出して両手にはめる。

「いけません、ユルゲンさま！　まずあなたを」

ロルフが抵抗しかけたが、

「言うことを聞いて！」

優司の口から、自分でも驚いたほどの厳しい声が出た。

「この国に必要なのは僕よりもきみたちなんだよ！」

自分はここではよそ者だ。

でもこの子たちは、ここで生きていき、この世界の未来を担う子どもたちだ。

この子たちのほうが大事に決まっている。

有無を言わさずロルフを抱き上げて窓辺に立たせ、ロープの反対端を自分の腰に巻き付けると、優司はほとんど本能的に、壁に片足を踏ん張った。

「降りてみて」

励ますようにそう言うと、ロルフはロープを摑み、壁の外にぶら下がった。

すぐに壁に足をついたようだが、それでもロープが手袋をした手に食い込む。

思ったよりも重い。

窓の外を見る余裕などなく、内側の壁に片足を踏ん張って、そろりそろりとロープを繰り出していくと、やがて下から声が聞こえた。

「着いたぞ！」

大人の、兵の声だ。

この脱出劇に気付いて手を貸してくれたのだ。

すぐに軽くなったロープをたぐって引き上げ、ニコの腰に巻き付ける。

この子のほうが小柄だから、さっきより楽だろう。

「さあ、行って」

優司がそう言うと、ニコは頷き、窓の外にぶらさがる。

同じようにロープを繰り出していき、やがて「よし、無事着いた！」と声が聞こえる。

優司が窓の下を覗き込むと、数人の兵がこちらを見上げているのがわかった。

「ユルゲンどの！　どうなさる！」

そう尋ねた声が、一緒にラスベックから脱出したブレドウの声だと気付いた。

知っている人だとわかるだけでなんだか安心する。

「なんとか……降ります」

そう答えつつ、優司は窓の周囲を見回した。

ロープの端を何かに結びつけないと降りられないが、あまり長さに余裕がない。

目にとまったのは、窓だった。

鉄製の窓枠がわずかに歪み、木の板と鉄枠の間に隙間ができている。

優司はその隙間にロープを差し込み、二重に巻いてからぎゅっと結んだ。

何か、登山用の結び方があるのかもしれないがそれは覚えていないので、とにかく固結びにする。

それから自分の胴にロープの端を巻き付け、窓の外に身体を出す。

大丈夫、一度経験したことだ。

そう思いつつも、上でロープを握ってくれている誰かがいないと思うだけで、不安だ。

それでも、壁に足を突っ張り、ロープを少しずつたぐりながら、ゆっくりと降りる。

下で、兵や少年たちが見守っているのを背中に感じる。

よろよろと半分ほど降り、なんとかなりそうだ、と思った瞬間。
がくん、と身体に衝撃が走った。
「あ！」
急激に身体が下に落ちていく。
窓枠が耐えきれなかったのだ……！
仰向けに、優司は塔の下へと落ちていった。
落ちながら優司は、時間の流れがおそろしく遅い、と感じた。
スローモーションのように落ちながら上を見ている。
星空を。
その星空がどこか、おかしい。
天の川が広すぎる。
そして、見覚えのある星座がひとつもない……！
星の並びに全く馴染みがない。
同時に、頭の隅に、今日の行程の途中で覚えた違和感が蘇る。
村々の景色に、漠然とした違和感があった、その正体。
教会がひとつも見えなかったのだ。
尖塔や十字架が。

少年たちが食事を運んできたときも「教会」という言葉に戸惑っていた。

——ここは、「過去」じゃない！

中世のヨーロッパなどではない、よく似ているけれど全く別の——

そう思った瞬間、背中に強い衝撃を感じ……

そしてそこは、しんと静まり返った、真夜中の、アパートの廊下だった。

優司は呆然と、廊下に転がって天井を見つめていた。

鼓動が速い……そして、息苦しい。

そして身体には、じっとりといやな汗をかいている。

優司はゆっくりと身体を起こすと、なんとか深い呼吸をしようともがいた。

——戻ってきてしまった。

むなしい絶望感に襲われる。

どうしてだろう。戻れないときと、今と、何が違ったのだろう。

そして自分はもう一度、あちらに行って彼に会えるのだろうか。

そう思いつつも、優司はぐったりと疲れて身体が重いのを感じ……のろのろと身体を引きずって一階に降りると、ベッドに倒れ込んだ。

それから優司は熱を出し、一週間ほど寝込んだ。

こういう発熱は子どもの頃からしょっちゅうあり、疲労のせいだということはわかっている。

身体を休ませればいいことだ。

だが、熱でぼんやりしながらも、優司はこの発熱に違和感を覚えていた。

あちらでは、全く疲労を感じていなかった。

呼吸にも不安がなかったし、重いテーブルを動かしたりして、自分でも驚くような力を出せた。

それは、あれが「現実」ではないからなのだろうか。

星座が全く違う。

窓から落ちる一瞬の間に見て取ったその事実は、衝撃だった。

そして中世ヨーロッパのようなのに、教会などの気配が全くない。

あそこは、この世界の過去のどこか、ではなかった。

タイムスリップでも……今いる現実とわずかに違うという、パラレルワールドですらなかったように思う。

星座が違うということは、宇宙の全く別の場所にいる、ということだ。

やはりあれは、自分の脳が作り出した架空の世界だったのだろうか。

でも、だとしたらこの、現実に感じている身体の疲労は？

それに、あちらの世界のことをどう思い出しても「非現実感」のようなものはなかった。

あちらにいるときのほうがずっと、地に足が着き、自分の身体が自分の身体であるように感じていた。

むしろ、自分がいるこの現実世界がなんだか非現実的に感じる。

いや、そうではなくて……この現実世界に自分がいることが、非現実的なのか。

頭の中が混乱している。

なんだか、視界がぶれているような違和感。

だが、こんな状態で考えがまとまるわけがない、ということもわかっている。

ただはっきりしているのは……

「彼」に会いたい、ということ。

彼に対して覚えたのは、身体の欲望だけではなかった。

あの世界の、ハンス・フーゴという男を知りたい、と思ったのだ。

彼の腕にあった、あの傷。

一度は似ているだけの別人だと思いかけたのだが、だったら同じ場所に同じ傷があるはずがない。

そして彼は、五年前に記憶を失ってあの世界に現れた。

こちらで彼が姿を消したのと同じ、五年前。

もし……全く別の世界に移動してしまった楓伍が記憶を失って、ハンス・フーゴとして生きているのだとしたら。

記憶を失った楓伍は、自分が好きだった楓伍と言えるのだろうか？

自分が好きだったのは、生まれてからずっと「殿村楓伍」として生きてきた男ではなかったのだろうか？

それとももっと本質的な何かに惹かれていて……

ハンス・フーゴはその「何か」を持っているから、彼にも惹かれたのだろうか。

ハンス・フーゴの顔が、楓伍と全く似ていなかったとしても、自分は同じように惹かれたのだろうか。

わからない。

ただ事実として、自分はあのハンス・フーゴに惹かれており、欲望を覚えた。

それは確かだ。

そして、また彼に会いたいと思っているのも。

この熱が下がったら、もう一度あちらに行かなくては。

優司はそう決意していた。

熱が下がって体力が戻ると、優司は猛然と準備に取りかかった。

まずは、教授から来た次の仕事をきちんと片付けるのに、一ヶ月。

それから旅支度にかかる。

前回はハンス・フーゴにこちらの世界のことを説明しやすいように、というのが目的で荷造りし、何かあったらすぐに戻ってくることを前提に、日帰り程度の荷物だった。

だが今度は、少し腰を据えてあちらに滞在することを考えなくては。

森に出ようが山に出ようが、こちらに戻ってやり直せばいい、という気軽な考えはどうやら捨てた方がよさそうだからだ。

ラスベックから逃れようとしたときにこちらに戻れなかった理由を寝ている間にあれこれ考え、どうやらリュックがクッションになって背中に受ける衝撃が少なかったためではないか、と思い至ったのだが……それだって確実ではない。

もしその想像が正しかったとしても、何かあるたびにいちいちこちらに戻ってきたら、また手間暇かけて扉を片っ端から開けなくてはならない。

あまりにもまだるっこしい。

そう考えて優司は、前回より一回り大きいリュックと、ポケットの多いアウトドアジャケットを買い、考えついたものを片っ端から詰めこんだ。

しまいにはわけがわからなくなって見当違いかもしれないものまで入れたが、何がどのように役に立つかわからない。

森の中に出て、開けた場所に出るのに時間がかかるようなら狼から身を守るために木に登って寝る。

平地に出て人に出会っても、兵士だったら身を隠して、すぐには声をかけない。

何日でも、安全だと思える相手に出会えるまで、野宿でもなんでもする。

自分に、そんな勇気があることが不思議だ。

ひ弱で、無理をすることを避けてきた自分が、向こうの世界に行くと「普通」に行動できるような気がする。

万が一、吹雪の雪山などに出てしまったときだけは、諦めて戻ってこよう。

……戻れたら、の話だが。

向こうとここの時間の流れが同じであることは確認済みだし、時間帯そのものもリンクしているらしいので、一日を有効に使えるよう、出発は朝に決めた。

ベッドに入り、眠れるだろうか、と思いながらも一応目を閉じる。

神経が冴えてなかなか眠りにつけないような気がしたが、それでもなんとか浅い眠りに入りかけたころ……

地震があった。

はっとして飛び起きる。

それほど大きな地震ではないように思うのだが、それでも古い建物はみしみしと音を立ててぐらついている。

結構長く感じた地震だが、やがて収まり、優司は再び横になった。

翌朝、優司は支度を調えて二階に上がった。

と、一番手前の、一号室の扉が半分ほど開いていることに気付き、ぎくりとした。

急いで開いた扉を閉めようとしたが、動かない。

昨夜の地震で、またどこか歪んだのだろうか。

だとしても、とりあえずはこのままにしておくしかない。

問題は、他の扉だ。

優司は隣の二号室の扉の前に立った。

おそるおそるノブに手をかけると、扉はちゃんと開いた。

畳の部屋に朝日が差し込んでいる。

ほっとして部屋に入り、後ろを向いて、扉を閉め――

そして振り向くと。

「うわ！」

複数の声がして、目の前に数人の兵たちがいた。

驚いて優司も一歩下がる。

ここは……建物の中？

鮮やかな模様の入った布が四方を囲んでいるが、足元は草だ。

兵たちの背後には布が開いている場所があり、その外には青空。

テントか何かの中だ。

これは……この兵たちは「どっち」だろう？

それは、背後から聞こえた声であっさりとわかった。

「出たな、魔術師」

憎々しげな声。

背中に冷や汗が伝うのを感じながらそちらに向き直ると……

そこにいたのは、ラスベックだった。

鎧を着けたいかつい男は、低い椅子に、足を開いてどっかりと座っている。

森の中とか山の上とか、いろいろな場所を想定して備えていたつもりだったのに、よりによって、ラスベックの目の前に出てしまったのだ……！

無意識に後ずさりしようと足が動いた瞬間、

「動くな！」

ラスベックが言い、両側からがっつりと兵たちに肩を掴まれる。

そのままぐいっと、ラスベックの前に突き出され、膝をつかされた。

「よくも、現れたり消えたり、驚かしてくれるものだ」

ラスベックが吐き捨てるように言って、手甲(てっこう)をつけた手で優司の顎を掴んで上向かせた。

「このところツェードリッツの士気が高いと思っていたのは、やはりお前のような魔術師を飼っているからだったのだな。それで？　わざわざ俺の目の前に現れたのはなぜだ？　ツェードリッツの若造から伝言でもあるのか」

ラスベックだってハンス・フーゴよりそれほど年上ではないだろうが、若造呼ばわりに何か、虚勢のようなものを感じる。

とにかく、ここをなんとか乗り切らなくては。

優司は必死に、頭の中を回転させた。

「……兵たちがいては、お話しできません」

優司はなんとか落ち着いた声を出そうとした。

「ラスベックの殿に、内密のお話が」

「は！」

ラスベックが鼻で笑った。

「内密に、停戦交渉でもしに来たか？　この戦のさなかに？」

ということは……ラスベックとツェードリッツは、まさに今交戦中なのか！

準備にかかった一ヶ月ちょっとの間に、こちらでは大きくことが動いていたのだ。

優司は焦った。

「とにかく、お人払いを」

「殿、なりません！」

兵たちが勢い込んだが、ラスベックはじろりと兵たちを見た。

「よい、出ていろ」

優司の肩を押さえていた手が、躊躇いながら離れていった。

優司はそのままじっと膝をついたまま待つ。

がちゃがちゃと鎧の音を立てて兵たちがテントを出て行き……

ラスベックが優司を見つめた。

「で？」

で、どうしよう。

とにかく優司としては、兵たちに囲まれているよりは一対一のほうが逃げやすいだろう、という程度の考えだったのだ。

「……ラスベックの殿には、今回の戦でツェードリッツに求める条件がおありですか」

言葉遣いはこんな感じで合っているのだろうか、と思いつつ優司は尋ねた。

とにかく情報が欲しい。

ラスベックと敵対している、という事実以外には何も知らないのだから。

「今更それか」

ラスベックが顔を歪めた。

「ツェードリッツ領を俺に寄越せ。それ以外の要求などない」

そんな無茶な、と優司が思っていると、ラスベックは苛立ったように言葉を続けた。

「もともと俺の母方はツェードリッツの先代のまたいとこで、一番近い血縁なのだ。ツェードリッツは俺が継ぐべきだった。それなのに、どこの馬の骨ともしれない……時折現れるという、世界の隙間から姿を現したような男にかすめ取られて、黙っていられると思うのか」

世界の隙間から姿を現した、という言葉に優司ははっとした。

この世界では、時々そういう人がいるのか。

ということはやはり……優司の世界からこの世界へ通じる通路というか特異点のようなものがあって、楓伍もそこを通ってこの世界に現れたのだろうか。

優司の住むアパートの扉も、そういう特異点のひとつなのだとしたら。

そして楓伍は、その特異点を通る過程で何かが起き、記憶を失っているのだとしたら。

「なんとか言ったらどうだ」

ラスベックの声に、優司は我に返った。

ラスベックは、「母のまたいとこ」という血縁を盾に、ツェードリッツ領を欲している。

それが戦の原因だ。

この世界でその遠縁と言ってもいい血縁がどれくらい重視されるものなのかわからないが、少なくとも実力を認められて前領主の養子となったハンス・フーゴの立場は正当なものであり、兵たちも彼を認めているように思えた。

「ツェードリッツの殿は……慕われております」

優司がそう言うと、ラスベックは拳で自分の膝を叩いた。

「それがなんだ。領民に慕われるなど？　そんなことが重要か？　なぜ、隣り合っている領土でありながら去年も今年もあいつのところだけ小麦が豊作なのだ？　なぜあいつのところだけ流行病が軽くてすむ？　あいつが持っているものは俺のものだ。それを奪い返す、俺が求めるのはそれだけだ！」

ツェードリッツ領が豊作で流行病が軽い。

つまりラスベック領は不作だし、流行病も大変なのだろう。

だが、ラスベックがツェードリッツ領を治めたら、今度はツェードリッツ領が不作と流行病に悩まされるような気がする。

「……たとえば、戦ではなく、小麦を融通するとか……」

優司が言いかけたとき。

「そうか！」

ラスベックが何かを思いついたように叫んだ。

「違いは、魔術師か！　お前のような魔術師を手に入れたから、あいつのもとにだけ幸運が来るのだな」

そう言って、ラスベックは身を乗り出し、優司の両肩を摑んだ。

ぎらついた瞳が優司を射る。

「だったら……お前を、俺のものにすればいいのだ」

優司はぎょっとした。

そういう方向にいくのか。

「わ……私は……」

魔術師ではない。

もしくは、魔術師だけれど他の人には仕えられない。

どう言うのが正解なのだろう。

そう考えている間にも、ラスベックは優司の顔を覗き込んでくる。

「……ふん、ツェードリッツの若造が抱えた魔術師は少しばかり風変わりらしいと聞いてはいたが、なるほど魔術師らしくないな」

何か不審を抱かれたのだろうか、と優司が身を硬くすると……

ラスベックはにやりと笑った。

「妻も持たぬ、愛人も持たぬ、騎士らしいと言えば通りはいいが、あいつは本物の男趣味ではないかと疑ってはいたのだ。お前のような華奢（きゃしゃ）な体つきの、ろくに日にも当たらぬような肌を持った男が傍（そば）にいるのなら、なるほど、女などに用はないかもしれない」

そう言って、さらに顔を近寄せてくる。

「だったら俺も味見してみようか。それとも……俺が強引にお前を我がものにしてしまえば、お前は俺の魔術師になるのか？　そういう契約ならむしろ簡単でありがたい」

違う、と言おうとした瞬間——

唇が塞がれた。

「んっ——っ」

どこか獣くさい感じのする、不愉快な唇。

いやだ。

自分が欲しい唇は、ただ一人の、あの人だけの……！

ぎゅっと唇を引き結び、歯を食いしばってラスベックの唇を拒むと、ラスベックはふいに唇を離し、乱暴に優司を突き飛ばした。

いっそそれで背中を地面に打ち付けて戻れるものなら、と思ったのだが……何しろリュックを背負ったままなのだ。

ぐず、と崩れるように床に倒れてしまって、うまくいかない。

ラスベックは立ち上がり、優司の身体をまたぐように仁王立ちになった。

「言うことを聞かぬなら、聞かせる方法はいくらでもある」

そう言って優司に向かって手を伸ばす。

逃げなくては、と身体ごと後ずさろうとして、優司の手に、ポケットに入っている硬いものが当たった。

これがあった！

とっさに優司はポケットからそれを取り出した。

防犯用の、唐辛子粉末のスプレー缶。

いきなり野生動物にでも出会ったら役に立つかもしれないと、出しやすい位置に入れておいたものだ。

優司はそれを、ラスベックの顔めがけて噴射した。

「うおおおっ！」

ラスベックがのけぞって、顔をかきむしる。

「な、何をした！　なんだこれは……！」

「水で洗えば楽になります！」

優司は一応そう叫んでから、立ち上がってテントの出口に走った。

「うお、なんだ！」

控えていた兵たちが驚きつつも優司を捕らえようとする。

優司は左右にスプレーを噴射した。

「ぎゃあ！」

「なんだ！」

「あいつ、毒を使うぞ！」

そう叫ぶ兵たちを背に、優司は走った。

とにかく、テントから遠ざからなくては。

と、目の前に騎馬の兵が二人現れ、行く手を塞いだ。

とっさに、馬にスプレーを使いたくないという思いが働き、手が別のポケットを探った。

これだ。

取り出したのは防犯ブザーで、急いでピンを引っ張って抜くと、想像以上にけたたましい音が鳴り響いた。

驚いた馬が後ろ足で立ち上がり、振り落とされそうになった兵たちが手綱を引き絞って体勢を立て直している隙間を縫って、走る。

鳴り続ける防犯ブザーの音は少し離れたところにいる馬たちも怯(おび)えさせたらしく、次々に馬が暴れ出してパニックが伝播していくのがわかる。

兵たちは大騒ぎになっていて、とにかくここから遠ざかろうと、優司は走った。

途中で背中に二度ほど鈍い衝撃を感じたが、怪我をしたという感覚もなく、優司は、目の前に丈の高い草むらを見つけて分け入った。

姿は隠れるがブザーが鳴り続けているので、自分の居場所をわざわざ教えていることになってしまうと気付き、一度立ち止まってもう一度ブザーにピンを押し込んで音を止める。

こんなものが役に立つことがあるだろうかと思ったのだが、思いがけず効果があってよかった。

それから、草の中をまた走り出し、前方に小さな森が見えたので、とりあえずそこを目指す。

どうやらラスベックの兵は思った以上にパニックになっていたらしく、誰かが優司をしつこく追ってくる気配もなくて、なんとか森にたどり着いた。

少し森に入ったところで、登りやすそうな木を見つけ、よじ登る。

枝分かれした部分に座り込み、ようやく優司はほっと息をついた。

脈も鼓動もおそろしく速いし、全身に汗をかいているが、不安になるような息苦しさはない。

こちらの世界に来ると、自分の身体が「ひ弱」ではなく「普通」程度に元気になるというのは勘違いではなかったのだ。

息を整えながらリュックをおろし、優司はぎょっとした。

リュックに、矢が二本刺さっている。

背中に感じた衝撃は、これだったのか。

リュックのせいで自分の世界に戻りにくいというのは事実だが、同時にリュックのおかげで命拾いしたのだ。

ちょうど、着替えや毛布のあたりに刺さったので、リュックに裂け目ができた以外の被害はなさそうだ。

気持ちを落ち着かせるために水を少し飲み、それから優司は前方を眺めた。

なだらかな起伏のある草原で、今まさに戦が行われている。

とはいえ、大群が正面から激突しているというよりは、少人数の騎兵同士、歩兵同士が、あちこちで戦っている、という感じに見える。

戦闘というものに関する知識は全くないのだが、これから全面衝突があるのか、それとも全面衝突したあとなのか、そもそも大群の全面衝突という戦法はないのか。

そして、こうやって見ていても、どちらがツェードリッツでどちらがラスベックなのか、よくわからない。

兵たちはどうやって敵味方を見分けているのだろう。

優司は、リュックに入れていた双眼鏡を取り出して、目に当てた。

目の前で繰り広げられているのが作りものではなく、実際に命のやりとりが行われているのだと、双眼鏡で見るとよくわかって、背筋を冷や汗が伝う。

一人の兵が敵の頭上に大きな剣を振り下ろすのを見ると、思わず目を瞑（つぶ）りたくなる。

とはいえ、頑丈な鎖帷子と兜（かぶと）に覆われた兵たちの動きは想像よりもゆっくりしていて、剣も切る、刺す、というよりは殴りつけるという感じで、一撃で命を奪うというよりは打撲傷を負わせたり馬から落としたりして、戦闘力を失わせているようにも見える。

双眼鏡で見続けていると、次第にひとつの法則が見えてきた。

色だ。

騎兵が鎧の上から身につけているマントやチュニックが、大雑把（おおざっぱ）に言って赤系と黄色系に分かれているように見える。

あとは、盾の模様の色とか、槍の柄（え）に巻かれた紐だとか……歩兵だと腕に布を巻き付けているものもいる。

そうだ。

そして……きっと赤系が、ツェードリッツだ。

はじめてハンス・フーゴの一隊を見かけたときも、赤っぽいくすんだ色のマントや上着を身につけていたと思う。

と、すぐ近くに馬の足音が聞こえたような気がして、優司は双眼鏡から目を離した。

少し離れたところを、三人ほどの騎馬の兵が進んでいく。

誰も乗っていない空の馬を五頭連れており、どうやら交戦中ではなく、移動中のようだ。

そして、身につけているのは……赤だ。

しかし、草原中が喧噪（けんそう）に包まれていて、叫んでも届くかどうかわからない距離。

優司はとっさに持ち物のリストを頭の中に広げ、また別のポケットからホイッスルを取り出すと、吹いた。

ぴいっという澄んだ音が響き渡る。

騎兵たちが不審げに馬を止め、左右を見回した。

もう一度ホイッスルを吹くと、一人の兵が木の上の優司に気付き、指さす。

と、一人が馬を駆って森に近づき、木々の中に分け入ってきた。

「ユルゲンどの！」

そう叫んで、バケツのような兜を脱ぐ。

「ブレドウさん！」

見張り塔から一緒に逃げた……最後に残って塔から飛び降りたブレドウだ。

「なぜそのようなところに！」

「ラスベックから逃げてきたんです」

優司はそう言って、急いで木から下りようとした。

「まず荷物を」

ブレドウが言ってくれ、リュックを投げ下ろしてから木をよじ下りる。

「ご無事で」

地面に下り立つと、ブレドウが言った。

「ラスベックに捕らわれていたのですね。殿がユルゲンどののご無事を知ったらお喜びになるでしょう」

そう言ってから、ブレドウはちょっと首をかしげた。

「先ほどから、ラスベックの本営周辺で何か混乱が起きているように見えるのですが、もしかしてユルゲンどの、何かご存じですか」

何かと言われても……と思いかけ、優司ははっとした。

「ラスベックと、周囲の兵に、スプレー……あの、目や喉が痛くなる粉をかけて逃げ出してきたんですが。それと、大きな音を出したので、馬が驚いて暴れて」

スプレーは唐辛子粉だ。

人体に害はないという触れ込みではあるが、熊(くま)よけにもなるくらいで痛みや刺激は相当なものだろうし、一応「水洗いを」と言い置いてはきたが、落ち着くまでには時間がかかるはずだ。

唐辛子粉を知らない人々からすれば、大変な毒物を盛られたと思うだろう。

「たぶん……ラスベックは、すぐには指揮は執れないかもしれません」

「負傷中ということですな」

ブレドウの顔が明るくなり、連れの兵を見た。

「おい、急ぎ殿に伝令を。ユルゲンどのはラスベックに捕らわれていたが、ラスベックを負傷させ脱出したと。相手の本営は今混乱中だ。総攻撃の好機だ」

「承知」

一人の兵がさっと馬の腹を蹴って駆け出す。

「ユルゲンどの、お手柄です」

ブレドウにそう言われて……優司は、ブレドウの口調がいつの間にか敬語になっていることに気付いた。

見張り塔に捕らわれていたときはそうではなかった気がする。

だが今気にするべきは、そこではない。

「ブレドウさん、殿はご無事ですか？　この戦はどういう？」

「これまでたびたび、領地の東の境界付近で小麦を強奪されており、殿が境界の警備を強化なさったところへ、ラスベックが北から回り込んで攻め入ってきたのです。殿が素早く兵を配置し直して押し戻し、今は兵が散った状態ですが、こちらがいくぶん優位ゆえ、ラスベックの本営を一挙に攻めるきっかけを待っていたのです」

ブレドウはそう言って、嬉しそうに優司を見た。

「そのきっかけを、ユルゲンどのがもたらしてくださった」

「それならいいんですけど……」

自分の行動がハンス・フーゴにとって有利に働いたのでありますように。

そう願うしかない。

「とりあえず……馬には乗れますか」

ブレドウが尋ねた。

「我々は、騎兵が落馬して空になった馬を集め、本隊と合流するところなのです」

馬。

「乗るだけなら……なんとか……」

操れるかというと話は別だ。

こちらに来るなら、乗馬教室にでも何回か行っておくべきだったのだろうか、と思う。

しかしブレドウは心得顔に頷いた。

「おとなしい馬に、ただ跨(また)がっていてくだされば、我々が引いていきます」

そう言われて、優司は一頭の馬にブレドウの助けを借りてよじ登った。

視線が高くなり、視界がぱっと開けたような気がする。

「殿はユルゲンどのを見つけたら、とにかくお連れするようにと命じておられるのですが……その」

ブレドウは隣で馬を進めながら、ちょっと躊躇って言葉を続けた。

「こんなことを申し上げてもよろしいでしょうか、ユルゲンどのはなぜ、殿に何も告げずに消えてしまわれるのか……殿がそのたびに心を痛めておいでになるので……」

ハンス・フーゴが、心を痛めている。

それは優司にとって、申し訳ないのと同時に、なんだか嬉しくもある言葉だった。

彼も、優司に会いたいと思ってくれている、ということが。

「僕にも、なかなか制御できないんです」

優司はブレドウに言った。

「消えたいと思って消えるわけじゃないんです……現れる場所も、自分では選べなくて」

「そうなのですか」

ブレドウは不思議そうだ。

「なにか、我々には計り知れない力が働いているのですな。しかしとにかく、殿にとってユルゲンどのが特別に大切な方である、ということはわかるので、こうしてまた現れてくださって嬉しいことです」

特別に大切な人。

どういう意味でその言葉を使っているのかわからないが、それでも嬉しい。

兵たちも最初に優司が現れたときは驚いて不審に思ったりしただろうが、今はハンス・フーゴにとって何か意味のある、よくわからないが不思議な力を持っている人間、というように受け止めてくれているのだ。

ハンス・フーゴへの忠誠心とともに、この世界の人々の考え方の柔軟さのようなものを感じる。

優司の世界でだったら、こんなに簡単に信頼してはもらえないだろう。

やはりこの世界は好ましい、と思ったとき。

どどどどど、と地を揺るがすような音が湧き上がった。

「見ろ！」

黙って馬を進めていたもう一人の兵が叫んだ。

「殿が兵をまとめて打って出られる！」

「おお！　あれぞ、我らが黒獅子伯爵（はくしゃく）……！」

二人が手庇（てびさし）をかかげて見ているものが優司にはよく見えなくて、慌てて双眼鏡を目に当てた。

草の波を押し分けるように、騎兵の大群が左から右へと動いていた。

その戦闘に、ひときわ目立つ姿がある。

兜を被ってはいるが、赤っぽいマントをたなびかせ、片腕で剣を振り上げ、見事に馬を操りながら突進していくのは――

ハンス・フーゴだ。

遠くからでも、双眼鏡越しでも、彼だとはっきりわかる。

黒獅子だ、と優司は思った。

彼のその二つ名は、単に男らしい顔立ちと、その顔をふちどる黒髪を表すだけではなかったのだ。

マントこそ赤っぽいが、黒い馬に乗り、黒光りする鎧を身につけ、兵を率いて敵陣に突進していくその姿こそが――黒獅子なのだ……！

なんと獰猛（どうもう）で荒々しく、なんと気高（けだか）く、なんと美しい姿だろう……！

その彼のあとに、まるでひとつの生き物のように、騎兵たちが続く。

壮大な絵画のように非現実的で、それでいて生き生きとしている。

「我らも加わりたかったが、間に合わなかったか」

「いや、我らはここでユルゲンどのをお守りするのが仕事だ」

ブレドウたちはそう言いながら、じっとツェードリッツ軍を見守っている。

ばらばらに散っていたラスベックの兵たちが慌てたように本営前に集まり迎え撃とうとするが、次々に蹴散らされていく。

ラスベックには指揮官が……全体をまとめる「頭」がいないのだ、とわかる。

唐辛子スプレーの効果だろうか。

そして、気迫が違う。

やがて、かすかに見えていたラスベックの本営のテントがツェードリッツの兵に飲み込まれるように見えなくなり……

さっと、大きな赤い旗が翻った。

「本営を取った！」

「ラスベックを捕らえたか⁉」

ブレドウたちの言葉に続いて、そのラスベック本営の方向からわあっという歓声が聞こえてきて、勝ったのだ、と優司にもわかった。

「空馬をまとめろ！」

「荷車を出して負傷兵を集めろ！」

「捕虜は身分別に分けて、歩兵は解放せよ！」

伝令が駆け抜け、ツェードリッツの歩兵たちが忙しく指示に従う中を、優司はブレドウたちとともに進んだ。

早くハンス・フーゴに会いたい、と思うのだが、この混乱の中では巡り会えそうにない。

やがて一人の伝令が優司たちを捜し当てた。

「殿は、ユルゲンどのにはとにかく城で落ち着かれますように、と」

そう言われてブレドウは行く先をツェードリッツの城に定める。

半日がかりで馬を進め、日が暮れる頃、優司たちは城に入った。

門を入ったところの前庭で馬を降りながら、以前、自分が現れた場所だとわかった。

あのときはじめて、間近でハンス・フーゴを見たのだ。

城には続々と兵たちが戻り、馬や武器が集められ、戦に出た兵たちは休息場所に散っていく。

優司は静かな一部屋に案内され、待っていた。

ハンス・フーゴに会える、その瞬間を。

室内には水桶や、花の香りをつけた水の入った水差しが用意されていて、優司は埃（ほこり）まみれの身体をきれいにし、持ってきた薄手のスウェットの上下に着替えた。

やがて日は落ち、城内のどこかから賑（にぎ）やかな声が聞こえてくる。

一度扉が開いてはっとしたが、現れたのは食事を運ぶ少年たちだった。

見張り塔で会ったニコやロルフとは違うが、やはりハンス・フーゴが居場所を与えている孤児なのだろう。

食事は煮込みや、さまざまな野菜を添えた鶏肉、塩漬け肉などで、さすがに優司も空腹を覚え、手を伸ばした。

薄く切ったパンに野菜と生ハムのような感じの肉を挟んで即席のサンドイッチにし、窓際に座って食べながら、空を見る。

やはりこの世界の食べ物は素朴だがおいしい。

舌にも、身体にも、合う気がする。

窓から見える空には星が瞬いているが、やっぱりそれは、見覚えのない配置だ。

北極星もなければ、北斗七星もカシオペア座もない。

かといって南半球の星座があるわけでもないし、火星も金星も、そして月も見えない。

その代わりによく目立つ青白い大きな星が三つ、正三角形を形作って輝き、そしておそろしく幅の広い……天の川の倍ほどありそうな星の帯が夜空を横切ってまぶしいほどだ。

やはりここはただの「過去」ではない。

全く違う世界。

今回ここに来る準備をしている間、優司は「異世界」という言葉についても調べてみた。

もちろんほとんどがフィクションだが、とにかく「全く別の法則が働いている、時間も空間も今いる現実とは無関係な世界」という感じのものが多かったと思う。

そして現実に、人々や船や飛行機が忽然と消えてしまう特異点のようなものがあると言われている地域があったり、記憶を失った身元不明の人が発見されたり、というような事実もあった。

もしここがそういう「異世界」……タイプスリップでもなくパラレルワールドでもない異世界なのだとして、そしてラスベックが言っていたような「世界の隙間」のようなところで繋がっており、時折人がそこに紛れ込むのだとして。

自分がここにいる、ということにはどんな意味があるのだろう。

楓伍とよく似たハンス・フーゴがいる、というだけではない……こちらに来ると風景も食べ物も好ましくて、同時に体調までよく感じる、ということの意味は。

そんなことを考えていると……

廊下に荒っぽい足音が聞こえて、優司ははっとして立ち上がった。

扉が勢いよく開き、部屋に入ってきたのは……

ハンス・フーゴだった。

肩にかかるつややかな黒髪、日に焼けたりりしい顔立ち。

狩りを終えたばかりのライオン。

その瞳が真っ直ぐに優司を見つめる。

ようやくまた会えた。

優司の胸がいっぱいになる。

次の瞬間……

「ユルゲン！」

彼がそう呼んで、大股に部屋を横切って両腕を広げ、優司も窓辺から立ち上がって、その腕の中に飛び込んだ。

力強い腕が優司をしっかりと抱き留め、そして抱き締める。

息が苦しくなるほどに、強く。

「ハンス・フーゴ……」

そう呼びかけると、彼は優司を抱き締める腕を少し緩め、彼は人差し指で優司の唇に触れた。

「フーゴでいい、お前にそう呼ばれるのは好きだ」

楓伍ではなく……フーゴ、と。

呼び方は関係ない、自分が好きなのは、今、目の前にいるこの人だ。

「会いたかった」

ハンス・フーゴが言い……唇を重ねてきた。

少し荒っぽい口付け。

すぐに唇を割られ、押し入ってきた舌に粘膜を探られる。

少しかさついたこの唇の感触が好きだ。

そしてそれがいつしか、どちらのものかわからない唾液をまとってしっとりとしてくる感覚も。

舌を絡め、甘い、と感じる。

彼が自分の歯列を、頬の内側を、舌先や舌全体で愛撫してくれると、腰の奥がじんと痺れてくる。

ようやく唇が離れたときには、優司の瞳は潤み、頬が熱くなっていた。

「……もう、そんな顔をしている」

ハンス・フーゴが熱を秘めて囁いたとき、城内のどこかから男たちがどっと笑う声がかすかに聞こえた。

「ここにいて、いいんですか……？」

この人は領主で、今日、大きな戦をしたところだ。

自分が独り占めしていいのだろうか、と思って尋ねると、ハンス・フーゴは頷いた。

「今夜は、兵たちは夜通し飲むだろう。俺も一刻も早くお前に会いたいと思いながらも、まずは彼らをねぎらってきたのだ。あとは彼らだけで楽しむだろう。俺の役目はすんだ」

だったら、今夜は一緒にいられる。

それがどういう意味なのか、優司の頭よりも先に身体がちゃんとわかっている。

「ふふ」

ハンス・フーゴが低く笑いながら、強く腰を押しつけてきた。

熱く、硬い。

彼のものだけではなく……優司のものもまた、兆(きざ)している。

「いいか、消えるなよ」

どこか脅すような口調でハンス・フーゴが言い、優司は慌てて言った。

「背中……背中を強くどこかにぶつけると、戻りたくなくても戻ってしまうので――」

「背中か。承知」

ハンス・フーゴは頷き、そしてこの間と同じように優司の膝裏を掬って抱き上げると、壁に垂れていた厚地の布を片手で捲った。

そこは、天蓋(てんがい)のついた、柱の太いベッドが一台置かれているだけの部屋だった。

ハンス・フーゴは、壊れ物を扱うようにそっと、優司をベッドにおろす。

大丈夫だ、これくらいでは戻ったりしない。

すぐにハンス・フーゴは優司にのしかかり、唇を重ねてきた。

貪るように深く口付けながら、性急に優司が着ているスウェットを探り、すぐに上下の合わせ目を見つけて手が忍び込んでくる。

上半身を熱い掌が撫でただけで、優司の体温は上がった。

脇腹を撫で上げ、それから乳首を探し当てて指先で摘まむ。

「んっ……っ」

優司はのけぞった。

この、鋭く甘い、電流が流れるような感覚を、忘れていた。

自分のそんなところが感じるということも。

ハンス・フーゴが唇を離し、身体を起こすとスウェットを首のあたりまで捲り上げる。

「この服はこの間よりも脱がせやすいな。ちゃんとそれを考えてくれたのか」

からかうような言葉に、優司は赤くなった。

寛ぎ着として持ってきただけで、脱がせやすいとかそういうことは……いや、もしかして無意識に、考えていたのだろうか？

下も、ゴムではなく紐を結ぶタイプにしたのは……それなら彼にもわかるだろうと思ったから……？

その紐を手早く解いて、ハンス・フーゴはスウェットのズボンを下着ごと引き下げた。

「あ……っ」

上半身はただ捲り上げられたまま、下半身だけ完全に剝かれてしまった。

そして、脚の間ではすでに、欲望の証が半ば以上勃ち上がっている。

ハンス・フーゴは堪えるように唇を引き結び、自分の衣服を脱ぎ捨てていく。脇で紐を結んであるチュニック。頭からかぶるかたちの、ゆったりとしたシャツ。そして、ウエストをやはり紐で結んであるズボン。

次第にあらわになるハンス・フーゴの身体を、優司は息を呑んで見つめていた。

象牙色の滑らかな肌と、流れるような筋肉。

脇腹にはまだ新しいと思われる赤黒い打ち身のあとのようなもの。

肩から腕にかけての逞しさ。

記憶にある楓伍の身体と、やはり似ているようで違う、違うようで似ている。

肘の下には、楓伍のものと同じ傷跡。

そして引き締まった腹の下、黒々とした叢から完全に勃ち上がっているもの。

かっと、耳が熱くなる。

「どうした、珍しいか」

ハンス・フーゴがにっと片頬で笑った。

再び身体を倒し……優司の胸に口付けてくる。

「あっ」

乳首を唇で挟み、尖らせた舌先で転がす刺激は、未知のものだ。

もう片方を指先で摘まみ、少し痛いくらいに力を込めて引っ張るのも。

楓伍は常に優しかった。

優司にはそれまでなんの経験もなく、性欲自体薄いと自分で思っていたし、とにかく最初は羞恥(しゅうち)が勝っていたのを楓伍は知っていたから……優司を怖がらせないように、優しく、優しく優司の快感を育ててくれた。

そうやって優司の身体はじっくりと楓伍によって生まれ変わっていった矢先……楓伍は姿を消した。

ハンス・フーゴは、優司の過去、経験があるとかないとか、そんなことは気にしないで、ただ真っ直ぐに彼の荒っぽい欲望をぶつけてくる。

それが、怖くないどころか、興奮を煽(あお)ることに優司は驚いていた。

彼が、欲しい。

早く。

胸を弄(いじ)られ、上半身を捩(よじ)りながら、優司はスウェットの上着が胸まで捲り上げられたままなのをもどかしく感じ、自分で脱ぎ去った。

そして、自分の手で、ハンス・フーゴの髪に手を差し入れて抱き締め、ハンス・フーゴの肩や腕を探り、その、掌を跳ね返すような筋肉の感触にまた興奮が高まる。

ハンス・フーゴも、優司の胸に顔を伏せたまま、片腕で優司の腹を撫で下ろすと、優司のものを握った。

「んっ、あ、あっ」

優司は声をあげた。

握られ、根元からゆっくりと扱かれる、それだけで腰の奥が蕩けそうだ。

自分の身体は、忘れたと思っていた快感をちゃんと覚えている。

先端を擦り、くびれを撫で、幹全体を握って上下する指や掌の動きを頭の中でなぞっているだけで、全身に汗が滲み出す。

「ね、あ、あ、だめっ……っ」

「何がだめなのだ？」

乳首を含んだままの唇がそう笑い、その刺激にぞくぞくする。

「すぐ……いってしまう、から……っ」

ハンス・フーゴはそう言うと、巧みに優司を扱く手を速めた。

「遠慮するな」

「あ、あ、あっ……っ」

あっけなく、優司は昇りつめた。

胸を突き出すようにのけぞった身体を、ハンス・フーゴの片腕がしっかりと抱き締めたまま、さらに乳首を吸う。

がくがくと身体を震わせながら、優司はハンス・フーゴの手の中に精を吐き出す。

「……はっ……あっ……っ」

荒い息をする優司の唇に、ハンス・フーゴが唇を重ね、優しいキスをした。

目を細めて優司を見下ろす。

「いい顔だ……想像以上に色っぽい」

「想像、って……っ」

思わず優司がそう言うと、ハンス・フーゴは真顔になる。

「しなかったか？　俺はしたぞ。この間中途半端にお前に触れて、そのままお前がいなくなってから、毎夜お前を抱く想像をした……ありとあらゆる方法で」

優司は首まで赤くなった。

優司だって……想像はした、というか……この間のことを頭の中で反芻するだけで身体が熱くなるのが怖くて、慌てて考えを逸らそうとした。

熱を出して寝込んでいたというのに、彼の夢を見て、朝、下着を汚していたりもした。

「その顔は、お前も想像したのだな」

ハンス・フーゴが低く笑い、優司の片手を取ると、自分の下腹部に導いた。

「俺のこれを、どうする想像をした……？」

唆すようにそう言って、その熱く硬いものを優司に握らせる。

「あ……っ」

手が触れた瞬間、どれはどくんと脈打った。

少し力を込めて握り、それから上下させて扱くと、さらに硬さが増す。

これが……自分の中に、入る。

その前にもっと、別なところでこれを知りたい。

身じろぎした優司の意図を察したように、ハンス・フーゴは上体を起こし、ベッドの上に足を投げ出して優司の身体を挟み込むように座った。

優司の目の前に、ハンス・フーゴのものが勃ち上がっている。

なんだか頭がぼうっとする。

ただただ、それに触れたい、という衝動だけが優司を突き動かす。

優司はそれを両手で握り、思い切って唇をつけた。

滑らかな先端を唇で挟み、そしてそのまま口の中へと招き入れる。

……はじめてではない。

いつも一方的にされるままだった優司が「僕、も」と消え入るような声で言ったら、楓伍が「できるか？　無理はするな」と言いつつも、委ねてくれたのだ。

そうはいっても楓伍との行為では優司は受け身で……今度はもっと積極的に自分から求めてみたい、自分から「口でしたい」などと言ったら楓伍は引くだろうか、それとも喜んでくれるだろうか、などと考えていたのに……その機会は失われてしまった。

自分の欲望に忠実に、望みを露(あら)わにして、自分がどれだけ相手を求めているかを知ってもらう……それだけのことを、どうして躊躇ったのだろう。

恥ずかしい……でも、その恥ずかしさすらも、相手に捧げればよかったのだ。

そう、今みたいに。

舌で先端を包み込み、とろりとにじみ出すものを受け止めながら唇を窄(すぼ)める。

張り出したところに口蓋を擦りつけるように動かすと、首の後ろが熱でじんと痺れたようになって、腰の奥が疼く。

これがやがて自分の中に入って、内側から自分を蕩かすのだと思っただけで鼓動が速くなる。

決して上手ではないだろうという自覚はあるが、それでも優司は一心不乱にハンス・フーゴのものを愛撫した。

もはや頭の中に、ハンス・フーゴは楓伍なのかとか、二人のものは似ているだろうかとか、そんなことを考える余裕もない。

唾液が溢(あふ)れ、自分の口からぐちゅぐちゅと音が漏れるのが、内側から耳に響く。

「……っ」

ハンス・フーゴが息を呑んだ気配がして、我慢できなくなったように腰を突き出してくる。

熱の塊が喉の奥を突いて、一瞬えずきそうになりつつも、口の中いっぱいにそれを迎え入れる。

と、ハンス・フーゴの指先が、優司の背中を撫でた。

つつ、と背骨を真っ直ぐに撫で下ろしていき……そして、双丘の間に忍び込んでいく。

「んっ……っ」

指先が窄まりに触れた瞬間、優司の身体はびくっとした。

指はゆっくりとそこに押しつけられ、それから円を描くように周囲を撫で始める。

遠慮はないが乱暴でもない。

ただ、はっきりとした目的を持って、そこを撫でほぐしていく。

一度指が離れ、頭上でくちゅりと音がして、彼が指を自分の唾液で濡らしたのだとわかった。

その濡れた指がもう一度優司の背後に忍び込み——そして、先端が押し込まれた。

「んっ……んっっ」

忘れかけていた久しぶりの感触を、そこは無意識に拒んだ。

きゅっと窄まって、異物を押し出そうとする。

「力を入れるな」

あやすようにハンス・フーゴが言って、さらに指を奥へと押し込もうとする。

と、優司のそこが勝手にひくんと動き、指を招き入れた。

「あ！」

思わず優司は声を上げて顔をのけぞらせ、その拍子に口から零れたハンス・フーゴの肉が頬を叩いた。

ずるりと指が入り込み、内壁を中から押し広げるように動き始める。

「……はじめてではない、しかし慣れてもいない、ということか」

ハンス・フーゴが呟き……

指が引き抜かれる。

どうして、と思った瞬間、ハンス・フーゴは優司の肩を摑んで仰向けに押し倒そうとし、それから軽く舌打ちした。

「背中、か」

そう言って、優司の身体を俯せにすると、背後から双丘を指で左右に割り裂き、そこに顔を埋めてきた。

「あ――っ」

逃げを打った優司の身体は、腰を摑んで引き戻される。

そこを……ハンス・フーゴの舌が舐めている。

唾液を塗り込め、そして舌先を潜り込ませようとしている。

こんなふうには、されたことがない。

誰に、という言葉は頭の中でちぎれて消えた。

ぐちゅ、じゅぷっと恥ずかしい音が……そしてぬめる熱い舌の感触が、優司の脳を麻痺させていくようだ。

と、舌に沿わせるように指が一本、入ってきたのがわかった。

そして舌が退き、もう一本の指が。

大きく抜き差しし、中をぐるりと撫でながら、次第に奥へと踏み込んでくる。

いつしか優司の中はそれを味わうようにうねり、抜き差しに合わせて指を締め付けはじめていた。

気持ち、いい。

自分の内側に好きな人の一部分を受け入れ、快感をえぐり出されていく……この感覚を、どうして忘れてしまうことができたのだろう。

自分の中の快感は眠っていただけで……ちゃんとここに、あったのだ。

「あ、あ、あ……そ、こっ、やっ……あああっ」

指が、優司の中の感じる一点をぐっと押し、優司は悲鳴のような声をあげた。

強すぎる。

でも……でも、気持ちいい。

そこをもっと、別なもので抉ってほしい。

立て続けにそこを指の腹で撫でられると、どうにかなりそうだ。

と、じゅぷっと音を立てて指が引き抜かれた。

「あ……」

自分の中が空洞になったように感じると同時に、とうとう本当に欲しいものがもらえるのだ、という予感に身体が震える。

と、ハンス・フーゴの腕が優司の身体を起こし、腰を摑んで、彼の腰をまたがせた。

「え……え？」

そそり立つハンス・フーゴのものをまたぐような体勢に優司が戸惑うと、

「顔が見たい……だが、背中をうっかりベッドに押しつけて、ことのさなかに消えられたらたまらない」

ハンス・フーゴが余裕のない笑みを浮かべながら言った。

「できるか？」

自分で、上から腰を落とせと言っているのだと、わかった。

恥ずかしいとか、うまく入るのだろうかとか、そんな考えは一刻も早く繋がりたいという欲望に押しのけられる。

優司は膝立ちになると、そそり立つものに自分のそこを押し当てた。

入るような気がしない。

なんとか押し込もうとしても、周囲の皮膚がめりこんでいくだけのような感じで、どうしてもうまくいかない。

腿がぶるぶるぶると震える。

と、ハンス・フーゴが優司の性器に手を伸ばし、握った。

一度いったあと再び勃ち上がり、先端から溢れる液体ですでに濡れそぼっているものを、ハンス・フーゴの大きな手が包み込んで、ゆるゆると扱く。

「あ、あ、あ」

ぞくぞくっと全身を快感が走った。

同時に、もっと違う、もっと深い快感を求める本能のようなものが、優司の背骨を走り抜け……窄まりがひくく、と口を開き——ハンス・フーゴの先端を食んだ。

ぐ、と優司は腰を落とした。

「あ——！」

衝撃が頭のてっぺんまで突き抜けたような気がし、一瞬目の前が真っ白になり……そして次の瞬間、優司は自分が深々とハンス・フーゴに貫かれていることを意識した。

「ユルゲン、息をしろ、ゆっくり」

ハンス・フーゴの声がそう言い、息を詰めていたことに気付いた優司がなんとか呼吸の仕方を思い出すと……

ハンス・フーゴが上体を起こし、優司を抱き締めた。

繋がりの角度が変わり、全身の肌が粟立（あわだ）つ。

「ユルゲン、ユルゲン」

ハンス・フーゴが切なげに呼んで、優司に口付けた。

力強い腕で抱き締められて、全身で彼を感じる。

深い口付けが、腰の奥を蕩かしてじっとしていられなくなる。

むず、と腰を動かしてしまうと、口付けたままハンス・フーゴが喉で笑ったのがわかった。

舌で思うさま優司の口の中を貪ってから、じゅっと音を立てて唇を離し、額（ひたい）と額をつけて、ハンス・フーゴが優司の目を覗き込む。

「お前は俺のものだ」

優司はぼうっとしながら頷いた。

自分を抱き締め、自分を穿（うが）つこの男の名前がなんであろうと関係ない。

自分はこの人のものだし……この人は自分のものなのだ、と感じる。

「もっと、あなたのものに、して」

言葉が勝手に唇から零れ、ハンス・フーゴはくっと眉を寄せた。

「くそ、我慢も限界だ」

そう言って優司の腰を両手で抱えると、下から突き上げるように腰を動かしはじめた。

いく。

身体の内側を熱いもので擦られ、そこからどろどろに熔けた快感の塊が全身に流れ出して

どこかもどかしい体勢で、それでも確実に、ハンス・フーゴは優司の快感を高めていく。

優司は後ろに倒れそうになり、慌ててハンス・フーゴの肩にしがみついた。

「あっ……あ、あ……っ」

ひとつになっている……その、幸福感。

これが、欲しかった。

失ったと思っていたこの悦びを、今ようやく取り戻した……！

掌に感じる筋肉のうねり、背中を撫でる彼の掌が汗で辷る感触、優司の感じる場所を強すぎない刺激で抉りながら奥まで届く彼のもの……

これらすべてを、優司は前から知っている、と思った。

その瞬間、腰骨の奥が熱く痺れるように感じ、渦巻いていた快感が出口を求めてほとばしるのがわかり……

「ふう、ご……っ……あ――」

びくびくっと全身が震え、腹の間で擦られていた優司のものが白いものを噴き出す。

ハンス・フーゴの腕にもぐっと力が入り、

「ユウ……！」

耳元で、掠れた声で優司をそう呼びながら、彼は優司の中に、熱いものを吐き出した。

ゆっくりと意識が戻ってくる。

一瞬すべて消え去ったように思えた世界の音が、ゆっくりと戻ってくる。

その瞬間を優司はじっくりと味わうのが好きだった。

だが今は、どこか焦るような気持ちで、瞑っていた目を開けた。

優司は、ベッドの上に仰向けになったハンス・フーゴの身体の上に倒れ込むように身体を預けている。

倒れ込んだ拍子にだろうか、繋がりは解けていた。

ハンス・フーゴの胸が大きく上下し、互いの汗が混じり合うように、二人の肌はぴったりと重なっている。

優司は、そのハンス・フーゴの目を見つめた。

ハンス・フーゴは、どこか焦点の合わない目で、空を見つめていた。

何も見ていないわけではない、その瞳はめまぐるしく動いている。

優司と一瞬目が合い、見知らぬ人間を見るような感じと、驚きと、切なく愛(いと)おしげな感じがせわしなく入れ替わる。

いく瞬間、彼は間違いなく「ユウ」と呼んだ。

ユルゲンと呼びかけて止まったのではなく……「ユウ」と、懐かしい呼び方で。

話しかけたいと思いながら、今は話しかけてはいけないと本能的に思い、優司が彼の顔を見つめ続けていると……

彼の表情は、ゆっくりと変化していった。

左右から流れてきた色の違う水が、中央で混ざり合っていくように。

そしてとうとうそれがひとつの色になった、と感じたとき。

ハンス・フーゴはゆっくりと瞬きし、そして瞳の焦点が合って、優司と視線を合わせた。

「……ユルゲン……ユウ」

優司は頷いた。

何度も、何度も。

「楓伍、なんだね」

そう言葉にした瞬間、涙が溢れてきた。

「そうだ、そしてハンス・フーゴでもある」

そうだ、やっぱりハンス・フーゴは楓伍だった。

だから自分は、出会って間もないハンス・フーゴに惹かれたのだ。

楓伍でありハンス・フーゴである人の中にある「本質」を、自分は愛していたのだ。

今、それがわかる。

楓伍は……ハンス・フーゴは、優司の涙を人差し指で掬った。

「何年経った……？　あっちでも……五年くらい、か？」

日本語だ。

穏やかで落ち着いた、楓伍の口調だ。

「会いたかった……」

そう言うと、また涙が零れる。

「泣くな」

楓伍はそう言って自分の上に乗っている優司の身体を抱き締め、そしてごろりと身体の位置を入れ替えた。

優司の背中に片腕を回して、完全にはベッドにつかないように、慎重に支えながら。

つまり、ハンス・フーゴとしての記憶もちゃんとあって、背中をぶつけると戻ってしまう、ということもわかっているのだ。

並んで横たわり、彼は優司を見つめ、目を細める。

「少し痩せたか？　でも、元気そうに見える」

「うん……一度身体を壊して、就職もだめになって……だけど、こっちの世界と行き来するようになって、こっちにいるとなんだか体調がいいんだ」

優司はそう答えながらも、目の前の男を自分の中で楓伍と呼べばいいのか、ハンス・フーゴと呼べばいいのか、戸惑っていた。

「話して、ふ……フーゴは、どうやってこの世界に……？」

折衷案である「フーゴ」と呼んでみる。

彼の耳には「楓伍」と聞こえているだろうか。

フーゴは眉を寄せて宙を見た。

「……フィールドワークで出かけた先に……ちょっと不思議な村があったんだ。外界と最低限の付き合いしかしていない閉鎖的な村で……でも村の外れの山に気になる城跡があったんで、なんとか頼み込んで滞在させてもらったんだ」

閉鎖的な村、というのに優司も心当たりがあった。

「僕、そこへ捜しに行った」

楓伍が姿を消す前に、そのあたりに行っていたと聞き、優司はその村までも行ってみたのだ。

だが、そんな日本人は見たこともない、とにべもない返事で、優司があれこれ尋くのも迷惑そうだったのだ。

「わざわざ捜しに行ってくれたのか」

フーゴは驚いたように言い、そして言葉を続ける。

「俺は山の上に登って、城跡を見て……それから、村とは反対側に流れている川が気になってそちらに降りようとして、崖から足を辷らせて落ちたんだと思う」

ひとつずつ、確かめ、思い出すような口調。

「そして、気がついたらこっちにいた。最初は農民に発見され……それから兵士がやってきて、俺を前領主の前に連れて行った。そう……確か、この領地では時折不思議な服装をした人間が突然現れることがあり、次に現れる男はツェードリッツを救うだろうというような、予言があったのだと聞いている」

予言。

ではこの世界には、何かそういう不思議な力を持つ人がいるのか。

だから自分のことも「魔術師」として割合あっさりと受け止めたのか、と優司は思う。

「それで……何が先だったかな、流行病で人々がばたばた倒れたとき、俺は煮沸消毒のことを教えたんだ。どうして自分がそんなことを知っているのか不思議だったが、今思えば、前の世界での記憶のおかげだろう。個人的なことはすっかり忘れても、そういう知識はまだらに残っていた。ここの連中は鐙(あぶみ)のない馬具を使っていたのだが、それを提案したり……まあ、いろいろだ」

もともと楓伍は、頭もよく知識欲も旺盛で、行動力もリーダーシップもあった。

そんな楓伍がこの世界にそれまでなかった知識をもたらし、予言のこともあって、前に聞いたように長老会の推挙があって、ツェードリッツの前領主の養子となって、領地を継いだのだ。

ほんの五年ばかりでそれをなしとげたのはすごいと思うが、目の前のフーゴを見ているとそれも不思議はない、という気がする。

ハンス・フーゴには、楓伍とはまた違う野性味と、カリスマ性のようなものがある。彼はそれを、この世界に来てから、この世界に適応し、身につけたのだろう。

「……喉が渇いたな」

一気に話したせいだろう、フーゴがそう言ったので、優司は身を起こした。

「水、確か隣の食卓に」

そう言ってベッドから降りた瞬間、膝の力が抜けた。

へたりこみそうになった優司の腕を、フーゴがひょいと摑んで支える。

「ばか、無理をするな、久しぶりだったんだから」

赤くなって絶句していると、フーゴは身軽に立ち上がって優司を抱き上げ、ベッドに座らせた。

「風邪を引く、とりあえず何か着ておけ」

そう言って、自分は裸のまま大股で隣室に行く。

水差しからゴブレットに水を注いでごくごくと飲む気配を聞きながら、優司はもたもたとスウェットの上下を身につけた。

「そういう格好を見ると、高校の体操着を思い出すな」

戻ってきたフーゴがそう言って、優司に水を注いだゴブレットを手渡してくれた。

優司が水を飲んでいる間に、彼もシャツとズボンを身につける。

こういう服装をすると、肩まである黒髪もあいまって、これはハンス・フーゴなのだ、ということを強く感じる。

「俺が部屋に入ってきたとき、窓辺にいたな」

フーゴがそう言ったので、優司は頷いた。

「空を……星空が、全然違うのに気がついていた？」

「記憶がないせいか、それは気づかなかった」

そう言ってフーゴは優司を抱き上げると、隣室の窓辺に運び、優司を膝に乗せるようにして窓辺に座った。

空を見上げると一瞬息を呑み、そしてしばらく黙ったまま星空を見上げていたが、やがて低い声で言った。

「本当だ。あらためて見ると、すごいな。あっちの空よりも豪華だ」

フーゴは感嘆したように言った。

「ってことは……ここは、同じ宇宙なのかどうかもわからない別世界ってことなんだな」

二人はしばらくまた、無言のまま星空を見上げていた。

それからふと、フーゴは優司に視線を向けた。

「……それでユルゲン……ユウ、は」

フーゴの中でも、優司をどちらの名で呼ぼうか戸惑いがあるように見える。

「どうやってここへ？　俺とは何か、違う法則があるような気がする」

優司は頷いた。

「親戚から、郊外にある古いアパートを借りて。その、使っていない二階のドアが、なんだかこちらの世界のあっちこっちに繋がっていて」

優司が扉の開け閉めの法則を見つけ出すまでの悪戦苦闘を、フーゴは面白そうに聞いていた。

そして、楓伍に似たハンス・フーゴを見つけたときのことや、彼に会いに来るための、さまざまな工夫や思いつきのことも。

「今回、ラスベックに何かしたんだろう？　何をした？」

興味深そうにそう尋く。

「たいしたことじゃ……唐辛子の防犯スプレーと、防犯ブザーと……あれ、すごい音が鳴るから、馬がびっくりして、パニックが連鎖して」

「そういうことか」

フーゴは笑い出した。

「そりゃあ、連中も驚いただろう。防犯グッズというところがユウらしい。スタンガンとかサバイバルゲーム用の銃とかじゃないんだな」

「あ、そういえばそうか」

優司は、そういうものがあることに思い至らなかった。

「ユウは自分を守ることは考えても、他人を積極的に攻撃することは考えなかったんだろう。ユウらしい」

そう言ってから、フーゴは優司をまじまじと見つめた。

「それでも、お前はずいぶん変わったんだな。以前のユウは、内気で受け身で、心も身体も乱暴に扱ったら壊れてしまいそうで……内側に芯の強いものを持ってはいるけれど、それを表面に出す機会がない、という気もしていた」

確かに自分はそういう人間だ、と優司は思う。

今でもそうではないのだろうか。

「僕は……変わったの？」

「ああ」

フーゴは頷く。

「芯の強さが前面に出ている。そして、前より行動力もある。昔は……たとえば文化祭の出し物とかも、『自分にはできないけど、こういうことをできる人がいるならこういうアイディアがある』っていう感じで提案してくれて、俺たちはそれを実行するのが面白かった。だけど今のユウは、自分で実行できることを考えて、そしてそれを実際にやってのけている。そういうユウも、おそろしく魅力的だ」

真顔でそう言ってから、片頬でにっと笑う。

「俺に会いたくて、俺に会うために、頑張ってくれたのが嬉しい」

その笑みに、優司はどきっとした。

これは楓伍ではなく、ハンス・フーゴの笑みだ。

二人は同一人物であるはずなのに……楓伍とは違う、ハンス・フーゴという男の部分が独立して存在しているのだろうか。

ふいに優司は不安になった。

せっかく取り戻した楓伍が、また手の届かないところに行ってしまったらどうしよう。

突然途切れた楓伍との時間を、また紡ぎたい……！

「ねえ、楓伍」

優司は躊躇いながら言った。

「僕と一緒に戻ろう、僕たちの世界に」

フーゴは無言で優司を見つめている。

その瞳が、迷うように揺れているのがわかって、優司は不安が募るのを感じた。

「ねえ、もともと楓伍はあっちの世界の人間なんだよ。記憶が戻ったのなら、もといた場所に戻るべきなんじゃ……ないの……？」

言いながら、優司はなんとなく自分の言葉に自信が持てないような気がしてきた。

「戻るべき、か」

フーゴはそう言って、唇を噛み、何か考えていたが……

やがてゆっくりと口を開いた。

「こちらで俺は……まだまだやるべきことがある、と思う。必要とされている。ラスベックとの境界争いに決着がついたわけでもない。これから王にいきさつを奏上して裁可を仰がなくてはならないし……土壌の改良や、新しい馬具や農機具の提案や……」

早口になりかけて、はっとしたようにまた黙る。

王に奏上。

そう、伯爵という爵位と領地を持っているということは、それを授けた誰かが上にいるということで、それがその、王なのだろう。

優司はまだ、この世界のほんの一部しか知らないのだ。

もっと知りたいような気もするのだが、知れば知るほど、この世界の魅力にとりつかれてしまいそうな不安もある。

「……向こうには」

やがてフーゴは重い口で言葉を続けた。

「俺でなくてはいけない仕事があるわけでもなく……身内もいない。事実、俺がいなくなってからも、世界は普通に進んでいたわけで……」

「僕がいるよ！」

優司は思わず強い口調で言って、フーゴの胸にすがった。

「向こうには、僕がいるよ！　楓伍がいなくなってから、抜け殻みたいになっていて、ずっと楓伍を待ち続けていた僕がいるよ――！」

そう言いつつも、自分一人の存在は、この世界でハンス・フーゴが求められているさまざまなことの重さに勝てるのだろうか、とも思う。

それでも……

近しい身寄りがないのは、優司だって一緒だ。

「僕にだって、楓伍しかいないんだ……！」

涙が溢れてくる。

フーゴの胸に顔を埋めて泣く優司を、フーゴの腕がそっと抱き締めた。

「……一緒に戻って、お前と生きる……もともと俺が望んでいた研究に戻る……か。お前とだって、すべてはこれからだと思っていた。やっと想いが通じたのに、あんなに短い間しか一緒にいられなくて……お前とやりたいことが、いくらでもあったのに」

そうだ。

二人で行きたいところ、経験したいことがいくらでもあった。

旅行に行ったり、映画を見たり、おいしいものを食べたり。

「楓伍、とにかく一度戻ろう」

優司は顔を上げて言った。

「僕のアパートなら、戻っても、またこっちに来られるよ」

「……そちらに行っても、好きなときに戻ってこられるということか……？」

優司は、自分と彼が言う「行く」「戻る」の意味が反対であることに気付いたが、気付かないふりをした。

「僕が身につけているものはそのままなんだから、こうやって」

優司はフーゴの背中に腕を回し、抱き締めた。

「このまま、背中をどこかにぶつければ」

フーゴは何か考えているらしく、動かなかったが……やがて、言った。

「では、試してみよう」

ハンス・フーゴの口調で。

窓辺から立ち上がり、フーゴの腕が優司をしっかりと抱き締める。

優司はぐいっと力を込めて、フーゴの身体を引っ張り、思い切って後ろに倒れた。

どん、という衝撃。

一瞬瞑った目を、開ける。

目の前にはフーゴの顔。

そしてその背後に見える、天井は……

ツェードリッツ城のものだった。

「あ、あれ、うまくいかない」

優司は焦った。

「もしかして……楓伍の腕が、僕の背中を庇ってくれたから、かも」

床に直接背中を打ち付けないように、楓伍の腕が優司の身体を支えている。

リュックを背負っていたときと同じことになっているのかもしれない。

フーゴは無言で優司を見つめている。

「あの、じゃあ、もう一回……楓伍は腕をそのままにしていて。僕が抱き締めているから」

「……それでは怪我をする。壁ではだめなのか？」

彼がそう言うのは、優司が怪我をしないように気遣ってくれているのと同時に……またうまくいかないと思っているのだとわかり、優司は胸苦しくなった。

「壁でも大丈夫……じゃあ、あそこに」

窓の横の、タペストリーがかけられている壁の前にフーゴを引っ張っていく。

フーゴは優司におとなしく従っているが、なんとなく完全に乗り気ではない様子なのが、優司を焦らせた。

本当に一緒に戻れるのかどうか、疑っているのだろうか。

もちろん優司の中にも不安がないわけではないが……それでも、信じるしかない。

「行くよ」

フーゴの身体に腕を回し——

優司は勢いよく壁に向かって背中をぶつけた。

背中に強い衝撃を感じ、息が止まりそうになる。

そして目を開けたが……

そこはやはり、ツェードリッツ城だった。

「大丈夫か」

フーゴが気遣いながらすぐに身体を離したが、優司はまた泣きそうになっていた。

「どうして……どうして、うまくいかな……楓伍と、一緒に……っ」

「ユルゲン」

フーゴは、優司の頬を両手でそっと包んで、呼んだ。

ユウではなく、ユルゲン、と。

「うまくいかないと思う……俺は、あちらにはもう戻れないような気がする」

確信的な声音。

「ど……して」

優司が震える声で尋ねると、フーゴは切なげに目を細めた。

「俺は、殿村楓伍でもあり、ハンス・フーゴ・フォン・ツェードリッツでもある。記憶が繋がった今、俺は、自分がそのどちらでもあると同時に、どちらでもない、という気がしている」

優司ははっとした。

楓伍でもハンス・フーゴでもあり……その、どちらでもない。

二人が一緒になった第三の人格……とでもいうのだろうか。

「そして、俺とお前は、こちらに来た法則が何か異なっている。お前には行き来できる扉があるが、俺にとってはもともと片道切符だったんだ」

「だったら！」

優司は叫んだ。

「じゃあ、僕もここにいる！　楓伍と一緒にこっちで生きる！」

もう戻らなければいい、それだけのことだ。

しかしフーゴは首を振った。

「簡単なことではない、これまで自分が生きてきた世界のすべてを捨てて、新しい場所で生きるということは。俺は記憶を失ったからそれができた。だがお前にそれを求めるのは、酷だ」

だったら自分も記憶を失ってしまえばいいのだろうか。

楓伍のことも、ハンス・フーゴのことも忘れて……？

それは、いやだ。

自分の中の、彼の……彼らの記憶がなくなってしまうのは。

自分にとって一番大切なものなのに。

それに、今このままこちらで生きる決意をしたとして……あちらの世界はどうなる？

アパートの管理を任せてくれた親戚や近所の人は、優司が突然行方（ゆくえ）不明になったと思い、捜すだろう。

翻訳の仕事を回してくれている恩師も。

突然消息を絶ったら、心配と迷惑をかけてしまう。

それでも……それでも、彼と一緒にいたい……！

「ユルゲン」

彼はまた、優司をそう呼んだ。

まるで、記憶を取り戻した直後は「楓伍」の部分のほうが大きかったのに、時間が経つにつれて「ハンス・フーゴ」である部分が大きくなってきたかのように。

「俺も、お前が欲しい。お前に、傍にいてほしい。だが、お前の中に迷いがあるのなら無理強いはしたくない。お前が戻れるとしたら、それはお前が迷っているということだ」

フーゴはそう言い、優司の頬を両手で包んだまま、顔を近寄せてくると……

そっと、口付けた。

優しく、甘く、それでいてどこか切なげな口付け。

そして次の瞬間——

「愛している」

その言葉とともに、フーゴは優司の胸をどんと押した。

「あっ」

ふいをつかれた優司は、そのまままた、壁に向かって倒れていく。

いやだ、楓伍——！

手を伸ばし、フーゴの身体を摑もうとした指先が、シャツの布に一瞬触れ……

壁に背中がぶつかった。

強い衝撃。

そして……

瞑っていた目を開けるまでもなく、優司にはわかっていた。

アパートの廊下だ。

帰ってきてしまった、一人で。

彼のもとに戻らなくては……！

慌てて立ち上がると、震える手で目の前にある二号室の扉を開け、中に入って閉め、そして振り向く。

しかしそこは、夜の空気に満たされた、アパートの部屋だった。

「ど、どうしてっ……っ」

もう一度廊下に出て試してみるが、結果は同じだった。

慌てて隣の三号室に移り、同じように試してみたが、うまくいかない。

そして、四号室の扉は開かなかった。

五号室は半開きになっていて、開けることも閉めることもできない。

六号室は、と廊下を走りかけて優司はよろけ、転びそうになった。

何かがおかしい。

真っ直ぐに立っているつもりなのに、身体がぐらつく。

自分の身体がどうかしたのだろうか、と思いながら廊下にある窓を見て、優司ははっとした。

歪んでいる。

古い鉄の窓枠と窓の間に、細長い三角形の隙間が空いている。

と、がたがたがたがた、とその窓が揺れた。

地震だ。

そう思った瞬間に大きな揺れが来て……。

「あ！」

廊下にへたり込んだ瞬間、ばきばきっと音を立てて、建物全体が傾いたのがわかった。


「いやあ、大丈夫だったかい？」

夜が明けると間もなく、近所の人が優司を訪ねてきた。

あのあと優司もニュースで、大きめの地震が二度あったことを知った。

「一回目でびっくりしたところに、二回目があったからね」

優司が戻ってきたのは、その一回目があった直後だったらしい。

だがそれでも、日本に住んでいれば時折体験する程度の、震度四くらいの地震で、周囲にもそれほどの被害はなかったようなのだが……。

最初に来てくれた人以外にも、近所の人々が次々に訪ねてきたのは、優司が住むアパートが傍(はた)から見てもわかるくらいに傾いてしまっていたからだった。

「もともと古いし、地盤も弱いところだったからね」

以前に修理を頼んだ大工の老人も来てくれて、家の外側をぐるりと点検して言った。

「土台から完全に傾いてしまっているよ。怪我がなくて何よりだった。それでも、もうここには住めないね」

優司は呆然とその言葉を聞いていた。

以前、大工の老人が「それまでの間に少しずつ歪んだものは、小さなものでも最後の一押しになる」と言っていたことを思い出す。

今回の地震が、その「最後の一押し」になってしまったのだ。

もう住めない。

そしてもう……扉はどこへも通じていない。

二度目の地震で完全に傾き歪んでしまった扉は、どれも開け閉めすらできなくなってしまっていたのだ。

あちらの世界へ行く通路は塞がってしまった。

もう、「彼」には会えない。

午後にはこの建物の持ち主でもある親戚がやってきた。

「危なかったね、こんなに危ないと知っていたら貸すんじゃなかったよ、本当に申し訳なかったね」

そう謝ってくれた親戚は、建物を取り壊すことにした、と言った。

もちろんそうするしかないのだろう、と優司はその言葉をどこか遠くから聞こえてくるもののように感じていた。

建物がなくなれば、あちらに通じる「特異点」のようなものも消えてしまうのだろう、という気がする。

もうあちらに行けない。

もう彼に会えない。

その言葉だけが、頭の中をぐるぐるしている。

午後になってようやく、翻訳の仕事をくれている恩師に連絡しなくてはと思い電話をかけて「当分落ち着いて仕事ができる状況ではない」と伝えると、

「それは大変だったね。次に頼もうと思っていた仕事は別の人に回すから、落ち着いたらまた連絡をください」

恩師はそう答えた。

もちろんありがたい言葉だ。

同時に、自分の代わりはいくらでもいるのだ、とも思う。

だとすると、この世界に、自分を引き留める何があるというのだろう。

自分がこちらに戻ってきてしまったのは、やはり自分の中に何か迷いがあったせいなのだ、

と優司にはわかっていた。

これまで生きてきた世界のすべてを手放す覚悟ができていなかった。

そして、あちらで生きる決意をしているフーゴを、こちらに引き戻そうとしてしまった。

それが間違いだったのだ。

ハンス・フーゴでもある彼を、こちらに戻して「殿村楓伍」として存在させることは無理なことだったのだ。

彼にも、それがわかっていたのだ。

それでも彼は、最後に「愛している」と言ってくれた。

楓伍から優司へ。

ハンス・フーゴからユルゲンへ。

その、どちらでもあったのだと、わかる。

そして自分も……その、どちらでもある彼を好きなのだと、今更にしてわかる。

優しく包容力のある楓伍を内側に持っている、野性的で少し荒々しい、生命力に溢れたハンス・フーゴという男を。

それなのに自分は、永久に彼に会う、彼のところに行く機会を逸してしまったのだ。

「会いたい……会いたい、フーゴ」

口から零れたのは「フーゴ」という、楓伍でもハンス・フーゴでもある男の呼び名だった。

それからしばらく、優司は呆然と、絶望の中で過ごしていた。

だが次第に、「このままでは終われない」という気持ちになってきた。

まだ何か、方法があるはずだ。

彼に会うための、あちらに行くための方法が。

そしてそのためには、すべてを捨ててあちらに行く決意が必要だ。

優司は住まいをウィークリーアパートに移し、それから猛然と身辺整理をはじめた。

といっても、アパートは取り壊しになり翻訳の仕事も別の人に引き継がれたのだから、やるべきことはそれほどない。

銀行口座や電話、ネット、クレジットカードなどを解約する程度だ。

衣服や家具、本なども思い切って処分する。

楓伍の写真が載っている卒業アルバムも。

こちらの世界にある楓伍の思い出をも処分するくらいの決意がなくては、あちらには行けないと思ったからだ。

そして優司は、最低限の荷物を持って、ドイツに旅立った。

一度訪れたことのある、楓伍が姿を消したあたりにある、あの閉鎖的で小さな村へ。

「あんたは一度来た人だね」

村にあるたった一軒の宿を訪ねると、あるじが優司の顔を見て言った。

「言っておくが、あんたが捜している人の情報は、あのあとも何もないよ」

「はい、わかっています」

優司は頷いた。

以前来たときにはちょっと癖のある方言だと思っていたこの村の人の言葉が、「あちらの世界」の言葉とよく似ている、とあらためて気付く。

「僕も、行方不明になりにきたんです」

優司がそう言うと、あるじは驚いたように優司を見た。

「……その言葉の意味を、わかって言っているのか？」

「はい、そう思います」

するとあるじは「ちょっと待って」と言って、年配の男たちを数人集めてきた。

彼らは、優司が「行方不明になりにきた」と改めて言うと、顔を見合わせた。

「あんたは、この村がずっと守っているものを知っているんだね」

白い髭の老人が言った。

「私たちにもよくはわかっていない、ただ先祖から守るよう言い伝えられている場所を、そこを訪れたものを捜してはいけないという言い伝えを」

そういうことか、と優司は思った。

異世界に通じる「特異点」のようなものを、村人はその正体がわからないまま、先祖からの言い伝えでひたすら守り続けてきたのだ。

「だが、行き方はわかるのかい」

老人が尋ね、優司は頷いた。

「城跡のある山に登って、反対側の川に落ちればいいのだと思います」

男たちはまた顔を見合わせる。

「そこまで無茶をしなくてもいいはずだ。ただ、川の向こうに行くのだと、言い伝えられているが」

そうか。

楓伍はたまたま崖から川に落ちたのだが、そうでなくても川を渡ればいいのか。

「わかりました、ありがとうございます。城跡があるのはあの山ですね」

窓から見える山を指すと、男たちは頷いた。

「わかっているとは思うが、誰かがあんたを捜しに来ても、何も知らない、そんな人は見なかった、としか言えないよ」

「はい、それでいいです」

そう言いながらも優司は、誰も捜しには来ないだろうとわかっていた。

ふらりと外国に出かけ、どこかで行方不明になってしまう人間は意外にいるもので、そのうちの一人になるだけだ。

「では、行きます」

優司は笑顔でそう言って、宿を出た。


それほど高くはない山に登ると、崩れた城壁の痕跡があった。

反対側に回り込むと、はるか下、木々の隙間からちらちらと光る川面（かわも）が見える。

そちらへと降りる、獣道のような坂があり、優司は足を踏み出した。

今回は荷物はほとんどない。

ここまで来るのに最低限必要だった、財布などが入っている小さなウエストバッグだけだ。

両手を使えるので、傍らの木や大きな石などに掴まりながら慎重に降りていく。

途中で何カ所が足場が崩れて危ない場所があり、一カ所などは完全に木の陰になっていてわかりにくく、楓伍が足を辷らせたことを聞いて慎重になっていなければ同じ目に遭っただろうと思いながら、優司はなんとか下へ降りていった。

突然、木々が途切れた。

坂を下りきり……優司は、河原に立っていた。

幅の広い、水をなみなみとたたえた川が悠然と流れている。

川の向こうには霧がかかり、うっすらと木立が見える。

「……三途の川にしてはきれいだな」

優司は思わず口に出して呟き、そして自分の言葉におかしくなった。

三途の川などではない。新しく生きるためにあちらに行くのだから。

もしかすると、このルートであちらに着いたら自分も記憶を失うのだろうか。

そう考えると少し怖くなるが、すぐに考え直す。

記憶をなくした楓伍を、ハンス・フーゴを、自分は好きになったのだ。

記憶をなくした自分を、彼はきっと見つけて愛してくれる。

それがわかる。

そう思いながら、優司は水の中に足を踏み入れた。

＊＊＊＊

「大丈夫ですか」

誰かが腕を摑み、次の瞬間、水の中から引き上げられた。

川を渡っているつもりだったのに、いつの間にか流されていたのだろうか。

そもそもどうして、川など渡っていたのだろう。

どこへ行くつもりで……そもそも、僕は、誰なのだろう……？

頭に霧がかかったような、ぼうっとする感じ。

なんだかよくわからない。

腕を摑んでくれた男は、茶色い髭を生やし、鎧をつけた男だ。

「ブレドウ！　見つけたか！」

もう一人、似たようないでたちの男が現れ、反対側から抱えてくる。

「ローア、殿は」

「あちらだ」

あとから現れた男が岸辺の木立の中に向かって叫ぶ。

「殿！　見つけました！」

「いたか！」

男の声がして、一頭の黒い馬が木立から飛び出してきた。

河原まで走ってきた馬から、ひらりと一人の男が降り立つ。

誰だろう。

肩まであるつややかな黒髪。

黒っぽい鎧の上から赤いマントをつけた、逞しい偉丈夫（いじょうふ）。

直線的な眉と引き締まった口元の、大ぶりに整った男らしい顔立ち。

わずかに目尻が上がった、りりしい切れ長の二重の目。

威厳と野性味の入り交じった表情に、落ち着いた優しさを隠し持っているような雰囲気。

誰だかわからないけれど、でもよく知っている顔のような気もする。

はっきりしているのは、その人がとても好ましい、惹かれる、ということだけだ。

「……俺がわかるか？」

その人が、慎重な口調で尋ねた。

ということは、やはり知っている人なのだろうか？

そう思うと、ひどく懐かしく、胸が切なくなるような気がする。

「自分の名前は？」

その人が、重ねて尋ねる。

喉元まで、自分の名前が出かかっているような気がするのに、出てこない。

それよりも、目の前にあるその人の唇から目が離せない。

答えは……そこにあるような気がする。

と、その唇がにっと笑いをかたちづくった。

「そんな目で見るな」

笑みを含んだ声でそう言って……唇を、近寄せてくる。

唇と唇が軽く重なる。

その瞬間、わかった。

この唇を僕は知っている。

僕のただ一人の人の、何度も重ねた、唇だ……！

やがてそっと唇が離れ……

解放された唇から、言葉が零れ出た。

「ハンス・フーゴ」

そう呼んだ瞬間、さっと頭の中に風が吹き渡って霧が晴れたような気がした。

「来ました、ハンス・フーゴ」

「ユルゲン」

彼が破顔してそう呼び……腕が僕の身体をしっかりと抱き締めた。

＊＊＊＊

「あ……あっ」

優司は頭を左右に打ち振った。

身体の奥深くまで熱く硬いものに穿たれ、息も絶え絶えになりながら、それでもまだこの快感を味わい続けていたい、と思う。

背中をベッドに強く押しつけられ、身体がくの字に折れ曲がり腰が浮くほどに大きく脚を開かれ押さえつけられて、ハンス・フーゴが強く腰を打ち付けてくるたびに身体が揺れる。

ハンス・フーゴも、どれだけ貪れば満足するのか自分でもわからないとでもいうように、優司を穿ち、抉ってくる。

「ユルゲン……ユルゲン、お前が、欲しかった……！」

ハンス・フーゴの呻くような声が、優司の神経を震わせ、さらに快感を高める。

城に戻るなり寝室に連れて行かれ、言葉を交わすのすらもどかしく、二人は抱き合った。

相手が確かにここに存在することを身体で確かめるかのように。

押し倒されて強くベッドに背中をつけても、何ごとも起きなかった。

優司は「ここ」にいた。

ハンス・フーゴの口で一度いかされ、それから後ろを舐め蕩かされ、背後から彼がのしかかってきて繋がった。

ハンス・フーゴは一度達し、そしてそのまま繋がりを解くことなく優司の脚を摑んで仰向けにし、萎えもしていないもので、続けて優司を穿った。

優司自身、触れられもしないで何度弾けたかもうわからない。

半ば朦朧としながら、ハンス・フーゴを抱き締め、唇を求め、彼の汗で辷る肌を、荒い息を、繰り返し確かめる。

ハンス・フーゴが、優司の身体を揺するようにして腿を抱え直し、さらに深くを抉る。

「あ――！」

その瞬間、それまで感じたことがないほどの奥深くまで彼が届いた気がして、優司はのけぞった。

背中を駆け抜ける、痛いほどの快感。

びくびくと、自分の中が痙攣して彼を締め付けるのがわかる。

「うっ……く……っ」

ハンス・フーゴは一度大きく身震いしてから動きを止め……

そして優司の中に、どくどくと熱いものを吐き出した。

そのままぐったりと優司に身体を預けてくる重みを、優司は陶然と受け止めた。

じんわりと、感覚が戻ってくる。

耳に響くはあはあという呼吸は、自分のものだろうか、彼のものだろうか。

ぴったりと重なった肌の熱は、混じり合いながらゆっくりと下がっていく。

「……っ」

やがてハンス・フーゴが大きく息を吐くと、優司の身体の両側に手をついて、身体を起こした。

顎からぽたりと、優司の胸の上に汗が落ちる。

「全く……どうかしているな」

なんとか正気に戻った、とでも言いたげな口調でハンス・フーゴはそう言って、優司の傍らにどさりと身体を投げ出すと、横向きになって優司と視線を合わせた。

ちょっと照れくさいような、しかしそれを上回る幸福感と満足感を浮かべた瞳に、同じものを浮かべた優司の瞳が映っている。

「お前が最後に消えた夜からずっと、再びお前をこうして抱くことがあるのだろうかと、苦しかった。あのときお前を……戻すのではなかった、と」

「……でも僕はちゃんと、戻ってきました」

優司は、自分の声が掠れているのを感じながら、そう言った。

二人が話しているのは、この世界の言葉だ。

日本語もちゃんと覚えてはいるのだが、この世界の言葉のほうが自然に出てくる。

口調も「楓伍とユウ」ではなく「ハンス・フーゴとユルゲン」としてのもののほうが、自然に感じる。

今度こそ自分は、彼と同じように、この世界の人間になったのだ、と感じる。

「でも、どうして僕が、今日、あそこに現れるってわかったんですか?」

優司が尋ねると、ハンス・フーゴは目を細めた。

「夢を見たのだ」

「夢……？」

「そちらに行きます、迎えに来て、とお前が言っている夢だ」

不思議だ。

優司は確かに、楓伍が姿を消した場所からこちらに来ようと決意はしていたが、ハンス・フーゴに直接呼びかけたわけではない。

しかしふと優司は思い出した。

以前、優司は彼の夢を見た。

彼が呼んでいる夢を。

あのときも、ハンス・フーゴが「呼んだわけではない」と言った。

ただ、もう一度会いたいと思っていた、と。

直接呼びかけたのではなくても、相手のそういう強い思いが、夢というかたちを取って相手に通じたのかもしれないと思うと不思議だ。

「場所はわからなかった」

ハンス・フーゴが続ける。

「だが、オイゲンがあの場所を思いついたのだ。あそこは時折……本当に、数十年に一人いるかいないかだが、突然誰かが現れる不思議な場所だ。俺もそうだった。もしお前が本気でこちらに来るのだとしたら、現れるのはあそこしかないだろう、と」

そうか、ハンス・フーゴの相談役である、オイゲンが。

そして川から優司を引き上げてくれたのは、ブレドウとローアだった。

「みな、お前を待っていたのだ」

ハンス・フーゴが微笑む。

「お前が傍にいれば俺が落ちつく、お前が俺に必要な人間なのだと、みなわかっている」

ハンス・フーゴにとって必要な人間として、傍にいる。

どういう立場で、どういう意味で傍にいることになるのか、それはおいおい、この世界のさまざまな仕組みとともに学んでいけるだろう。

今はとにかく、こうして彼の傍にいられるとわかっているだけでいい。

とろりと、眠気が襲ってくる。

ふ、とハンス・フーゴが笑った。

「それにしても、ちょっと無茶をした。お前、身体は大丈夫か」

「身体……？」

それはもちろん、激しく愛し合ったあとで指一本動かすのもおっくうというような重怠い感じではあるけれど……と思ってから、優司は彼が何を心配しているのかに思い当たった。

身体の弱い優司に、負担をかけすぎたのでは、と言ってくれているのだ。

「大丈夫です……僕、なんだか、こっちに来ると健康になる感じがして」

ハンス・フーゴが驚いたように眉を上げた。

「こちらに来ると健康に？」

「もちろん、もともと運動は苦手だし筋肉とかもなくて、そこは変わらないんですけど……何かっていうと熱を出したり、息苦しくなったり、そういうのがなくなるみたいな」

ハンス・フーゴがはっと目を見開いた。

「そういえば俺も……記憶が繋がってからあれこれ考えていたのだが、こちらに来てから花粉症の症状が出ていない」

確かに楓伍は、スギ花粉の花粉症だった。

高校二年のときに発症して、毎年冬から春にかけて辛(つら)そうだった。

この世界も針葉樹が多くて杉も生えている。

もちろん、あちらの世界の杉と違う植物だということも考えられるが……

「あの、食べ物とかも、こちらのもののほうが身体に合う気がしませんか？」

優司が尋ねると、ハンス・フーゴはちょっと考え、頷いた。

「確かにそうだ」

「ということは……僕たちきっと、こっちの方が合ってるんです」

この世界の風景を、美しく好ましいと感じたのも。

食べ物がおいしいのも、身体の調子がいいのも。

「こちらのほうが合っている、というか」

ハンス・フーゴが考えながら言った。

「もしかすると、もともとこちらの人間なのに、間違ってあちらに生まれた、とても思ったほうがいいのかもしれないな」

そう言われるとそんな気がする。

あちらで二人とも身内の縁が薄かったのも、本来はあちらに生まれるべき人間ではなかったからなのかもしれない。

「だとしたら」

ハンス・フーゴの笑みが深くなった。

「俺たちはやっとこうして、二人で、いるべき場所にいるのだ」

「ええ」

優司は頷いた。

こうやって話していると、ハンス・フーゴである人の中にちゃんと楓伍としての記憶もあって、それが今は自然に混ざり合い溶け合って、彼という一人の人間になっているのだと感じる。

優司が惹かれた二人の人間が、一人の人として、ここにいる。

楓伍としたかったいろいろなことと、全く同じではないがそれに代わるさまざまなことを、これからハンス・フーゴと一緒に経験できるだろう。

「そういえば……」

眠いと感じつつも、気になることがいろいろある。

「ラスベック、は……？」

戦には勝ったが、その後どうなったのだろう。

「領地を没収になった。今は王が監視下に置いている」

ハンス・フーゴはあっさりと言った。

「王は基本的に領主同士の諍いにはよほどのことがないと口を出さずに当事者同士で解決させるが、今回は領民から領主の横暴に対する訴えもあり、取り上げてくれた。ラスベック領は当面、俺の預かりになっている」

そうか、それならよかった。

「あと、この世界の文字は、ひげ文字……？」

優司がドイツ語に興味を持つきっかけになった古い書体は、もとの「現実」では中世から第二次世界大戦くらいまで使われていたものだ。

「話が飛ぶな」

ハンス・フーゴが喉で笑った。

「そうだ、初期のひげ文字だ」

「だったら」

優司は眠気と戦っているためか、なんだか自分の言葉が舌足らずになってきたような気がしながらも、言った。

「僕は……子どもたちに、読み書きを教えたいと、思って……」

こちらの世界で、自分が何か役に立てることがあるだろうか、と今回の旅の支度をしながら優司はずいぶん考えたのだ。

そして、教会が存在しないなら、教会が担っていたような、孤児の世話とか教育とかを手伝ってみたいと、そう思ったのだ。

「それはいいな」

ハンス・フーゴの手が、優司の髪を撫でる。

心地よくて、目を開けていられない。

「あとは、衛生の問題とか、お前に手伝って欲しいことはいろいろある」

「嬉しい」

ここで、ハンス・フーゴやこの世界の人々のためにできることがちゃんとある。

「だったら僕は……やっと……あなたと一緒に……」

そう言いながら、語尾がむにゃむにゃと溶けていくような気がする。

もうだめだ、本当に眠い。

ハンス・フーゴがぷっと噴き出した。

「子どものように寝落ちする気か。まあいい。目が覚めたら、今度こそ時間はたっぷりある」

そう、時間はたっぷりある。

優司はその言葉を、幸福感とともに噛みしめ……

ハンス・フーゴの力強い腕が自分を抱き寄せてくれるのを感じながら、瞼を閉じ、優しい眠りの中に沈んでいった。

あとがき

このたびは「消えた恋人と異世界の黒獅子伯爵」をお手に取っていただき、ありがとうございます。

タイトルが長いのに、なんとあとがきが一ページしかないのです……！

異世界ものです。異世界は、行ったきりとか行って帰って二度と行けないとかいろいろなパターンがありますが、私はどうやら「行ったり来たり」が好きなようです。

以前にも全く違うテイストですが「行ったり来たり」なお話を書いたことがあります。このお話がお気に召しましたら、他社さんですがどうぞ探してみてください……ヒントは、やはり長いタイトルと「インコ」です（笑）。

そして今回のイラストは花小蒔朔衣先生です。

ラフの段階からいろいろご提案いただき、なんちゃって中世ドイツでずいぶんご面倒をおかけしたと思うのですが、あれもこれもあの人もこの人もとっても素敵で、眼福でした。本当にありがとうございました。

そして担当さま、今回もお世話になりました。引き続きよろしくお願いいたします。

最後に、この本をお手に取ってくださったすべての方に御礼申し上げます。

また次の本でお目にかかれますように。

夢乃咲実

✦初出　消えた恋人と異世界の黒獅子伯爵……………書き下ろし

夢乃咲実先生、花小蒔朔衣先生へのお便り、本作品に関するご意見、ご感想などは
〒151-0051 東京都渋谷区千駄ヶ谷 4-9-7
幻冬舎コミックス　ルチル文庫「消えた恋人と異世界の黒獅子伯爵」係まで。

幻冬舎ルチル文庫

消えた恋人と異世界の黒獅子伯爵

2022年9月20日　第1刷発行

✦著者	夢乃咲実　ゆめの さくみ
✦発行人	石原正康
✦発行元	株式会社 幻冬舎コミックス 〒151-0051 東京都渋谷区千駄ヶ谷 4-9-7 電話 03(5411)6431［編集］
✦発売元	株式会社 幻冬舎 〒151-0051 東京都渋谷区千駄ヶ谷 4-9-7 電話 03(5411)6222［営業］ 振替 00120-8-767643
✦印刷・製本所	中央精版印刷株式会社

✦検印廃止

ISBN978-4-344-85121-4　C0193　Printed in Japan

幻冬舎コミックスホームページ　https://www.gentosha-comics.net